똥막이

반려견과의 생활에서 꼬리를
잡아 생각해 보는 인간의 삶

임성민 에세이

이른북

목   차

비가 날리는 춥지 않은 겨울의 어느 날, 셋이 만났다.

가까운 지인과 그를 통해 알게 된 먼 지인 그리고 나 이렇게 셋이다. 나는 저기압 날씨에는 머리가 띵한데 그날도 아침부터 두통이 생겨 심드렁하게 앉아 있었다.

그때 먼 지인이 자기 반려견인 말티즈가 임신했다고 말했다. 헛구역질도 하고 온종일 잠만 잔다며 오늘 저녁에 닭을 삶아 먹여야겠다고 했다. 개를 좋아하는 나는 바로 반응했다.

" 좋겠어요. 나도 개 키우고 싶은데. "
" 오! 키우세요. "

사실 나도 생각을 안 해본 것은 아니다. 뭔가를 결정할 때 이것저것 심각하게 고려하다 생각에 치여 결국 못하게 되는 나의 성격과 게다가 생명을 키우는 것인데 막중한 책임감과 의무를 내가 제대로 할 수 있을까 하는 걱정까지 쌓여 생각만 하고 어영부영 넘어갔었다.

키우고 싶다는 말에 쉽게 그러라고 하는 그의 말은, 별 것 아니라는 느낌이 아니라 만족감의 확신에 찬 빠르고 짧은 대답이었다. 그의 이런 대답 덕분인지 지나가는 말로 여러 마리 낳으면 나도 입양하고 싶다고 했다.
입양하겠다는 마음의 결정을 한 것도 아니고 결정했다고 해도 친하지도 않은데 부탁할 수는 없는 어정쩡한 상황에서 그냥 입에서 튀어나왔다.

아무튼, 개 이야기가 나온 김에 이것저것 물어봤다. 그러고 나니 갑자기 먼 지인이 가깝게 느껴졌다. 강아지들은 다음 달에 나온다고 했는데, 걱정도 되고 설레기도 하다며 마치 자기 딸이 임신한 것 같다고 했다.

그러고는 귀엽고 기특한 행동들을 설명해 주는데 상상하니 나도 모르게 입을 헤~ 벌리고 웃음기를 머금은 채 부러운 듯 쳐다봤나 보다. 나를 보고 다시, "키우세요. 진짜 좋아요." 그러고는 자기 집의 사람들이 말수가 적은데 집에 개가 생기면서 생기가 돌았다고 했다.

한참 이야기하고 상상하다 보니 암씨롱 세 알을 한꺼번에 먹어도 들지 않던 무거웠던 머리가 좀 가벼워졌다.

볕이 따스한 봄의 어느 날, 전화가 왔다.

세 마리의 강아지를 낳았는데 첫째와 둘째는 자기 집에서 키울 예정이라고 했다. 그러면서 막내인 셋째의 입양 여부를 물어왔다.
나는 대뜸 정말 고맙다고 했다. 뜻밖이었다. 정말 의외였다. 그냥 예상 밖이었다. 나에게 전화를 해준 게 아니라 내가 바로 그렇겠다고 말한 것이 예상 밖이었다.

그렇게 똑딱이는 운명처럼, 아니 운명이라서 우리에게 왔다.

처음 온 날 설레고 걱정되고 또 설레고를 반복했다. 똑딱이는 첫날부터 기죽지 않고 집 여기저기를 호기심 있게 둘러봤다.
어린 강아지라 그런지 사료를 주니 마셔버렸다. 에너지가 작은 몸에 꽉꽉 눌러있어서 사정없이 튕겨 나오는 듯했다. 여기저기 굴러다니고 세상만사 모든 것을 궁금해했다.
그리고 신기하게도 사료를 주는 시간이 되면 밥그릇 앞에 머물렀고, 저녁 9시가 되면 기막히게 침대라고 준 방석 위에 누웠다.
시키지도 않았는데 자그마한 솜뭉치가 시간에 맞춰 생활했다. 그래서 시간에 딱딱 맞춰 생활했다는 철학자 칸트를 따라 이름을 칸트로 지으려 했었다.

하지만 아무리 봐도 우리 강아지는 칸트라는 이름과 느낌이 어울리지 않아서 시계 소리를 따라 똑딱이로 지었다. 똑딱이는 똑딱이가 어울린다.

똑딱이가 오면서 많은 것이 변하고 모든 게 달라졌다. 눌어붙은 익숙함이 긁어졌고, 갈라지던 감성에 물기가 올라오면서 오래된 먼지 같던 것들이 나름 본래의 색을 띠었다.

불을 끄면 무덤 속 같은 귀가 멍한 갑갑함에 우울함이 꾸역거리던 밤의 공포는, 귀여운 새근새근 소리를 머금은 만화 속 어둠으로 바뀌었다. 한낮의 지루함 따위는 까먹었다.

우리는 별것도 아닌데 행복해했다. 똑딱이가 크게 방귀를 뀐 날 모두 소리 내 웃었다.

고구마를 유난히 좋아하는 똑딱이 덕에 고구마가 어떤 맛인지 먹으면서 되새기기도 했다. 평소에는 이미 알고 있는 '고구마 맛'이라는 생각으로 그냥 먹었는데, 한 입 먹으면 환상을 맛본 듯한 똑딱이 표정에 똑딱이가 느낀 맛을 찾아보려고 맛을 음미해 봤다. 그러다 보니 예전보다 훨씬 맛있었다. 그리고 하늘 위로 새가 날아가면 고개를 젖혀 쳐다보는 똑딱이를 따라 하늘을 자주 올려보게 됐다.

그전에는 보이지 않던 것들이 보이기 시작했다. 무심코 지나쳤던 주변의 작은 것들이 크게 다가왔다.

익숙한 그림이라고 생각한 티치아노 작품인 '우르비노의 비너스'에서 있는지도 몰랐던, 발밑에서 편안하게 자는 강아지가 보인 것처럼 말이다.

그림의 주인공인 가장 크고 맨 앞에 있는 비너스밖에 보이지 않았던 이 그림에서 발아래 쪽에 강아지가 보이기 시작했다. 강아지가 보이니 자연스럽게 주인공 이외의 뒤에 사람도 보이고 포근해 보이는 이불도 보였다.

이미 알고 있다고 생각한 많은 것들, 식상하다고 느낀 많은 것들이 작은 존재에 관심을 가지면서 새롭게 다가왔다.

또한 그동안 들리지 않던 것들이 다시 들렸다. 고루함이라며 묻어버린 것들이 드러났다.

언젠가부터 어떤 이야기를 듣거나 글을 읽어도 새롭지 않고 대충 아는 이야기라 치부하며 넘겨 나갔었다. "산책하는 것이 좋대", "너무 짜게 먹는 건 안 좋대"라는 말을 들으면, "알아."가 끝이다. 수긍이라기보다 무심이다.

많은 것들이 사춘기 시절 돌림노래 같은 엄마의 잔소리나 지하철의 반복되는 주의 사항처럼 익숙해지면서 제대로 듣지 않게 됐다.

자신이나 타인에게 당연해서 대충 넘어가는 일이 반복되면서 인간관계의 많은 것들이 안 보이고 안 들렸다.
 하지만 초보 개 엄마인 나는 전과 달리 사람들이 해주는 말을 주의 깊게 듣고 명심하고 실행하려 노력했다.

" 혼자 놔두고 관심 가져주지 않으면 우울증 걸려요. "
" 여럿 있을 때 가장 약한 애가 공격당해요. "
" 성격에 따라 달라서 다가가는 방법을 달리해야 해요. "
" 무조건 다가가기보다 멀리서 지켜보는 것이 필요해요."
" 함부로 아무거나 먹이면 안 돼요. "
" 버려진 트라우마가 얼마나 큰데요. "
" 매일 산책하는 것이 좋아요. "
" 너무 짜고 단것 먹으면 안 돼요. "
" 사랑이 필요해요. "

 그러다 보니 깨달았다. 잊고 있었다는 것을. 사람도 이런 것들이 필요하다는 것을. 나는, 우리는 자신을 포함한 인간에게 되레 소홀해졌다.

 시각장애인 안내견을 훈련하는 개 훈련사가 TV 토크 프로그램에 나왔다. 30년간 개 훈련사 활동을 해 온 그는 고충을 묻는 진행자의 질문에, 훈련을 위해 안내견과 함께 지나가면 사람들이 개한테 애쓴다, 기특하다며 수고한다고 노고를 알아주지만, 자신의 수고는 보이지 않는다고 했다.

6

세상에서 가장 강한 생명체인 인간은 놔두면 알아서 잘 한다. 지능뿐 아니라 육체적, 감정적으로도 막강하다. 그리고 외부의 손상이나 내부의 감정적 충격이 알아서 치유되는 듯싶다. 심하게 맵고 짜고 단것은 먹어도, 바로 토하고 탈이나는 개와 달리 멀쩡하다.

한 번의 상실감으로 분리불안 증세나 트라우마가 생기는 개와 달리, 인간은 수많은 감정적 충격이 있어도 알아서 치유됐다. 햇살을 맞으며 산책하지 않고 실내에 온종일 틀어박혀 있어도 상관없다. 게다가 원하는 것이 무엇인지 알기 위해서 관심을 기울여야 하는 개와 달리, 인간은 말할 수 있으므로 관심을 기울일 필요도 없다.

하지만 사실은 티가 안 났던 것뿐이다. 인간은 개처럼 바로 드러나지 않는다. 그래서 타인뿐만 아니라 심지어 본인도 모른다. 말하지 않으면 괜찮나보다 하지만 인간의 말을 못 해서가 아니라 그냥 말을 못 한 것이다.

그러다 괜찮다고 꾹꾹 눌러 담았던 멀쩡해 보이던 것들이 터져 드러났을 때는 손 쓸 방도가 없다.

우리도 너무 늦기 전에 스스로 보살핌을 받아야 한다. 보살핌의 방법은 어렵지 않다. 우리가 사랑하는 반려견에게 하는 것처럼, 관심과 애정을 우리에게도 하면 된다.

게다가 행복한 견주는 자기 반려견을 더욱 행복하게 만든다. 반려견이 원하는 것도 애정하는 주인의 행복이기 때문이다.

나는 똑딱이를 보면 디즈니 시리즈에 「단추 수프」가 생각난다.

줄거리는 이렇다. 스크루지 맥 덕에게 그의 조카가 찾아온다. 배가 고픈 조카에게 음식이 아까워 없다며 내놓지 않자 조카는 수프를 끓여주겠다고 한다. 재료가 많이 들어갈까 걱정인 스크루지에게 조카는 단추 하나만 있으면 끓일 수 있다고 했다.

스크루지는 그렇다면 괜찮다며 수프를 끓이라고 허락한다. 조카는 큰 통에 물을 꽉 채운 후 단추 하나를 넣고 끓이기 시작한다. 한참을 끓이다 소금과 후추가 있으면 좋을 것 같다고 했다. 스크루지는 그쯤이야 하며 가져다준다. 소금과 후추를 넣은 조카는 다시 한참 수프를 끓인다.

그러다 꼭 넣지 않아도 상관없지만 만약 고기가 있다면 조금 넣어도 좋다고 했다. 마침 고기가 있던 스크루지는 고기를 가져다준다. 그리고 채소 등 조금씩 조금씩 재료가 넣어지면서 맛있는 수프가 완성된다.

조카는 수프가 너무 많으니 마을 사람들과 나눠 먹자고 한다. 어차피 단추 하나로 끓인 것인데 뭐가 아깝냐며 권유하는 조카의 말에 스크루지는 맛있게 끓여진 수프를 다 함께 나눠 먹었다.

시간 낭비라고 치부하면서 내 삶에 인색했던 나에게 똑딱이는 조그만 단추로 수프를 끓여줬다.

똑딱이가 오기 전에는 산책로를 걸은 적이 없었다. 가까이에 좋은 산책로가 펼쳐져 있었지만 그 길을 터벅터벅 걷는 것은 아무것도 하지 않는 것과 같다고 생각했다.

재료는 있어도 아끼는 것밖에 하지 않았던 내 삶을, 어떻게 누려야 하는지 몰랐던 인생 스크루지였던 나에게 누리는 맛을 알려줬다. 그리고 소소하게 만들기 시작한 이 큰 기쁨이 아깝지 않아 함께 할 수 있는 기쁨도 일깨워 줬다.

오늘도 나는 일어나자마자 부른다.

" 똑딱아~ "

1.

반려견

똑딱이를 처음 집에 데려오고 꽤 오랫동안 나는 똑딱이에게 '나'였다.

" 똑딱아, 나 잠깐 밖에 나갔다 올게. "
" 똑딱아. 내가 이것 줄게. "

하지만 시간이 약간 지난 후에 나는 '엄마'가 됐다.

" 똑딱아, 엄마 왔다. "

사람들은 반려견에게 엄마나 누나 또는 아빠나 형이 된다. 할아버지, 할머니가 되기도 한다. 반려견이 가족 구성원이 되면서 가족들 간의 호칭이 반려견에게도 성립된다.

'반려견'이란 단어도 예전에는 사람들에게 익숙하지 않던 단어다. 내가 어릴 때는 집에서 경제적인 이유로 기르는 동물인 '가축'과 차이를 두기 위해 일상적으로 '애완동물', 그리고 개로 한정할 경우는 '애완견'이라고 불렀다.

'반려'라는 단어를 사전에서 찾아보니, '짝이 되는 동무'라는 뜻이다. 사람에게 사용하던 단어라 그런지 '반려'

11

뒤에 사람을 붙여 '반려인', '반려자' 이런 단어는 익숙하다. 하지만 '애완인'이란 단어는 아주 어색하다.

'애완견'의 '완'은 장난감을 파는 가게인 '완구점'과 같은 글자이다. 이는 '가지고 논다'라는 뜻의 '완(玩)'이다. '완'이라는 의미 때문에 거부감이 들어 이 글자를 제하고 사용하는 경우가 많다. 애견 카페, 애견 미용처럼.

현재 사용하고 있는 반려견의 '반려'란 단어는 영어 'Companion'을 번역한 것이다. '동반', '반려' 의미인 이 단어를 사용하게 된 계기는 1983년 10월 오스트리아 빈에서 열린 국제 심포지엄에서부터이다.

이는 동물 행동학자로서 노벨상을 받은 콘라트 로렌츠의 생일을 기념하기 위해 열린 심포지엄이었는데, 이 자리에서, 단순히 '펫pet'으로 나타내기보다, 감정을 공유하며 서로를 이해하고 함께 사는 동물을 나타내기에 적합한 단어로 '반려동물 Companion animal'이 제시되었다.

우리나라는 2023년 10월에 국립국어원이 '반려견'을 표준국어대사전에 추가했다. 반려견은 이제 표준어가 됐다.

결혼한 지 얼마 안 된 유명인이 TV 토크 프로그램에 나왔다. 진행자가 애인일 때와의 차이가 무엇이냐고 물으니, "아플 때 대신 아파주고 싶다."라고 답했다.

가족 구성원 안에서는 자신만이 아니라 누군가를 위해 힘든 경제 활동이나 가사노동을 하는데도 보상을 바라지 않으며 당연시 느낀다. 이는 이성적이고 이해타산이 발달한 인간에게 일반적이지 않은 감정이다.

힘든 노력의 결과를 공유하고, 나아가 그 누림을 채워주기 위해 힘듦을 마다하지 않는 이타적 행동은 가족이기 때문에 가능하다.

가끔 강아지 키우면 돈 많이 들지 않느냐는 질문을 받는다.

우리가 먹고 싸고 아픈 것처럼, 강아지도 사료나 간식, 배변 패드, 또는 병원비가 든다.
대부분 질문 한 사람은, 돈이 정말 많이 드냐 혹은 콩나물 키우는 것처럼 거의 들지 않느냐가 궁금해서 하는 질문이 아니다. 굳이 소비를 늘리는 수고를 왜 하느냐는 의도이다.
똑딱이는 우리 가족이기 때문에 이 질문은 받을 때마다 어색해서 적절한 답변을 찾느라 우물거렸다.

반려견을 키우는 친구는 다른 이유로 답변에 우물거린 적이 있다. 친구가 자신의 어린 아들이 유치원에서 했다며 가족 구성원에 대해 작성한 용지를 보여줬다고 한다.

형이 있냐는 질문과 막내라는 질문에 '네'를 써야 하는데, 두 번째 질문에서 자신은 막내가 아니고 동생이 있다고 기재해 왔다.

내 친구는 아들에게 "너 막내잖아."라고 했더니, "그럼 뚱이는 뭐야?"라고 했단다. 집에 있는 동생은 그 집의 반려견 뚱이다. 평소에 내 친구도 나처럼 뚱이에게 '엄마'로 자신을 지칭하고, 두 명의 아들을 뚱이에게 말할 때 '큰 형아', '작은 형아'로 한다. 그 집 둘째는 형에게만 있는 동생이 자신에게도 생겨 뚱이를 처음 데려온 날부터 뚱이에게 자신을 말할 때. "형아가~"를 연신 덧붙였단다.

자신과 같은 '아빠', '엄마', '형'이 있는 동생 뚱이다. 당연히 성도 같아서 엄마가 뚱이를 혼낼 때 자기 혼낼 때처럼 성을 붙여 "차뚱!"하며 부른다. 그런데 갑자기 동생이 아니라는 엄마의 설명이 이해가 안 가고 뚱이대신 몹시 서러워했다고 한다.

가족을 묻는 질문은 상황에 따라 다르다.

공공기관에서 물어보는 가족은 증명서를 뗄 수 있는 관계 여부를 물어보는 것이고, 한집에 사는 사람들끼리의 "가족이 무엇이냐?"는 질문은 당연함이나 혹은 서운함을 표출할 때 하는 것 같다.

병원에 가기 위해 택시를 탔다. 택시 기사가 내가 가는 병원에 자신도 검사를 위해 어제 갔다 왔단다. 그러면서 덧붙였다.

" 나는 가족이 없어요. 그래서 아프면 서러워요. "

60대로 보이는 택시 기사는 결혼하지 않았다고 했다. 고등학교 때부터 연극반에서 시작해서 이후 졸업하고도 계속 연극을 했다고 한다. 유명한 배우들의 이름을 대며 함께 연극을 한 사람들이라고 했다. 부모님은 돌아가시고 형이 한 명 있었는데 재작년에 돌아가셨단다.

대부분 가족이라고 하면 일가친척을 제외한 직계가족을 의미한다. 부모와 형제 그리고 배우자와 자식이 없는 그 택시 기사는 자신을 '가족이 없다' 로 표현했다.

가족이 없을 때 아프면 서러운 이유는 자신의 아픔을 경제적으로나 감정적으로 오로지 혼자서 감내해야 하기 때문일 것이다. 아픈 것만으로도 힘든데 이 아픔을 세상 그 누구도 알지 못한다. 사실 관심조차 없다. 서러울 수밖에 없다.

"얼마나 힘들까." 하며 아픔을 이해해 주거나 혹은, "그러니깐 평소에 건강에 신경을 썼어야지."라고 타박을 하며 안타까워하는 것은, "나는 괜찮아져야 한다."는 의무와 이를 위한 힘을 생기게 한다.

15

가족이 있다는 이유만으로 큰 힘이 되지만, 슬플 때 같이 울어주고 기쁠 때 서로 기뻐하며 억울한 일이 있을 때 함께 화를 내주는 내 편이 있다는 사실에 든든함을 느낀다.

똑딱이가 아기일 때 동생네 집에 데리고 간 적이 있다.

내가 화장실에 간 사이 동생이 똑딱이를 혼내고 있었다. 똑딱이가 실수했을 때 나중에 혼내면 모르니깐 바로 알려줘야 고칠 수 있다고 말해줬더니 실행 중이었다.

" 똑딱아. 이모가 여기 배변 패드 중간에 싸라고 했지! 끝에다 싸서 다 샜잖아. 떼찌 떼찌. "

배변 패드를 가리키며 입으로 떼찌떼찌를 하는 동생 앞에 주먹만 한 똑딱이가 가만히 앉아 있다.
자신이 혼나고 있는 줄은 알았나 보다. 둘 다 참 하찮아 뒤에서 피식 웃고 있는데 똑딱이가 고개를 획 돌아 나를 봤다. 그러고는 아까와 달리 동생을 향해 짖기 시작했다. 나름 맹렬하게.
똑딱이는 엄마인 내가 오니 기가 살았다. 나도 똑딱이 기분 좋으라고 동생 등짝을 떼찌 떼찌 하며 퍽퍽 쳤다.

어릴 적 마당에 잔디가 깔린 꽤 넓은 이층집에 살았다. 잔디 위로 보도블록이 길을 만들어 그 위로 지나다녔다.
길은 두 개로 나 있었는데, 하나는 우리 집으로 올라가는 길이고 또 다른 하나는 마당 끝 쪽의 지하실로 가는 길이었다.

지하실에는 우리가 이 집에 이사를 오기 전부터 다른 가족이 살고 있었다. 그 집엔 나보다 한 살 많은 언니가 있었다.
외동딸인 그 언니는 아주 조용했다. 같은 초등학교에 하교 시간이 비슷해서 대문 앞에서 몇 번 마주쳤는데 매번 아무 말 없이 조용히 집에 들어갔다. 그래서 같은 지붕 아래 살면서도 제대로 말도 해보지 못했다.

하루는 학교를 마치고 동네에 들어섰는데 그 언니가 저 앞에서 천천히 걸어가고 있다. 그 뒤로 서로 팔짱을 끼어 한 덩어리처럼 보이는 여자아이들 서너 명이 잔걸음으로 쫓아가고 있었다.

언니가 대문 앞에 서자 그 덩어리도 딱 멈췄다. 열쇠로 문을 열고 들어가니 쫓아가던 아이들이 멈춰서 자기들끼리 난감한 표정으로 쑥덕거린다.

그때 마침 내 동생이 골목 반대편에서 오고 있었다. 어린 동생은 평소처럼 손을 뻗어 벨을 눌렀고 인터폰에 '나'로 짧게 답했다. 그리고 '삐'하고 바로 문이 열렸다. 들어가려고 하는 동생을 그 여자아이들이 불러 세우며 묻는다.

" 저기 너희 언니야? "
" 네? 누구요? "
" 아. 지하실 언니요. "
" 아~ 지하실~ "

옆집에서 엄마에게 알려줬는데 그 언니네 반에 소문이 돌았단다. 우리가 이사 오기 전 근처에 보육원이 있었는데 그 보육원에 있던 아이 중 한 명이 그 언니라는 소문이다.

닮은 아이가 있었는지 혹은 보육원에 있던 놀이터 그네 타는 것을 누군가 봤는지 아무튼 사실이 아닌데 그런 소문이 돌았다고 했다. 보육원이 다른 곳으로 옮겨가면서 아이들도 함께 갔는데 그 중 놓고 간 아이가 그 언니고 아이가 없는 집에서 키우게 됐다는 말이다.

엄마는 그 언니네 집에 이를 바로 알렸다. 그리고 얘들이 못됐다고 평소보다 과장된 목소리와 표현으로 그 아이들을 뭐라 했다.

그 옆에서 나도 함께 거들었다. 생긴 것도 못돼 쳐먹게 생겼고 날라리 같다고 하면서 당시 내가 아는 표현을 마구잡이로 사용하며 씩씩거렸다.

어른들 이야기에 끼면 혼났는데 이날은 같이 뭐라 해줄 입이 필요했는지 나를 놔두었다.

학교에 찾아가서 난리를 치라는 엄마의 말에 그 언니의 엄마는 별일 아니라는 듯이 아이들 일이라고 했다. 순간 남들이 의심하는 것을 나도 의심할 뻔했다.

어른들끼리 서로 이야기를 하더니 나중에는 나의 엄마도 인정하면서 그게 나을 것 같다고 했다.

내가 다 서러웠다. 내가 그 언니라면 몰려온 덩어리만큼 엄마에게 서운할 것 같았다. 그 언니 엄마의 행동이 이해가 안 가서 화가 난 눈을 하며 엄마에게 물어봤다.

" 아줌마 왜 학교에 안 간데? "

" 우리는 남의 일이니깐 그렇게 말하지, 거기는 가족이잖아. 함부로 못 하지. "

" 그런 게 뭐 가족이야! "

이것저것 말이 많은 여자 초등학생들이 또 다른 거리를 물면 이 일도 금세 지나갈 것이고, 그렇다면 나중에 아무도 기억 못 하는 일이 되는데, 괜히 일을 크게 벌이는 꼴이 될 수도 있다고 했다.

나는 그래도 이해가 가지 않았다. 당시는 어버버했지만, 지금에 와서 하고 싶던 말을 정리해 보면 이렇다.

무엇이든 일이 생기면 기억을 통해 감정의 부산물이 생기게 마련이다. 그 일로 이 불편한 감정이 생겼다고 해보자.

[학교 국어 시간 소설 속에서 고아가 나오면 심장이 뛰고 죄를 지은 것처럼 뭔가 들킬까 조마조마했다.]

이 감정을 누가 느낄까? 대충 생각해도, 곰곰이 생각해 봐도 그 언니다. 당연히 이 불편함은 언니가 아닌 소문을 만들어 떠들고 다닌 사람들이 느껴야 한다. 하지만 잘못을 한 죄책감의 방향을 명확히 하지 않으면 나중에 엉뚱하게 피해자에게 향해질 수 있다.

게다가 선택이나 회피가 존재하지 않고 작은 몸으로 그 안에서 모든 것을 감수해야 하는 초등학교 교실은 의외로 잔인하다.

며칠 잠을 못 이룰 정도로 불편했던 경험은 당사자에게는 아주 오래 기억된다. 그 기억은 나쁜 기분을 동반하는데 굳이 선택하자면, 위축되는 불편보다는 내뿜어질 수 있는 짜증이나 화가 나은 것 같다.

명확한 피해와 가해의 관계에서는 물불 가리지 않는 것도 필요해 보인다.

가족이니깐!

20

" **강**아지는 평생 돌봐야 하잖아. "

당연한 질문을 하는 친구의 말에, "당연하지."라고 답했다. 친구와 편안한 대화라 그런지 생각이 뇌에서 만들어지면 대충 입으로 내보냈다.

" 뭐 자식은 안 그러냐. "
" 자식은 나중에 노후에 힘이 되지. "
" 요즘 노후에 자식 덕 보려고 하면 안 돼. "
" 늙어서 힘없을 때 크든 작든 기댈 수 있는 건 맞지. 내가 부모님 핸드폰 가르쳐 드린 것처럼. 그리고 늙어서 아프면 누가 병원에 가주겠냐. 자식밖에 없지. "

사람은 어린 시절을 제외하면 누군가를 돌볼 때가 많다. 우리는 가족으로서 살기 때문이다.

어린 자녀들을 돌보거나 병에 걸린 배우자를, 혹은 연로한 부모를 돌본다. 세상을 홀로 마주하기에 힘이 약한 가족들을 돌보게 되는데, 시간이 흘러 스스로가 쇠약해지면 거꾸로 돌봄을 받는다.
이렇듯 돌보는 방향은 화살표가 '나에게서' 또는 '나에게로'의 두 방향이 모두 존재한다.

하지만 반려견들은 돌봄 받는 대상으로만 존재한다. 시간이 지날수록 성숙해지는 인간과 달리 평생 먹을 것을 챙겨줘야 하고 산책을 시켜주고 아프면 병원에 데리고 가야 한다.

친구의 질문은 오랜 기간 돌봐야만 하는 관계가 부담스럽지 않냐는 것 같다.

돌봐야만 하는 관계는 부담스러운 것은 맞다.

데리고 갈 수 없는 여행을 계획하거나 집에 일이 생기면 반려견을 맡길 곳부터 찾고, 또한 그 이후에도 잘 있을지 많이 신경 쓰인다.

가족 구성원들이 모두 집에 늦게 들어가게 되면 반려견 걱정 때문에 안절부절못해진다. 아기처럼 혹은 노환의 부모처럼 평생 돌봐야 한다.

인터넷에 이런 질문이 올라왔다.

" 반려동물을 왜 키우나요? "

누군가 답변에 이렇게 남겼다.

" 인간은 애정이 넘쳐나서 그것을 쏟고 싶어 해요. "

우리는 애정을 '줘야만 하는 존재'라기보다, '줄 수 있는 존재'가 필요하다.

마음은 누군가에게 비춰야 알 수 있는데, 기쁜지 화가 나는지 또는 슬픈지는 대상에 비춰봐야 안다.
예를 들어 증오에 가깝다고 생각했는데 마주했을 때 마음이 완전히 상반되게 애틋하게 느껴질 수도 있고, 떠올리면 짜증이 난다고 생각했는데 마주하자 연민이 올라올 수도 있다. 마음은 생각과 다르다.

게다가 마음은 '마음대로' 할 수 없다. 다스려지지도 않는다. 그래서 신경 써줘야 한다.

" 마음 둘 곳이 없어. "
" 요즘 내 마음을 나도 모르겠어. "

느껴지는 감정이 현재 나의 기분이고 마음이다. 하지만 이것이 표출될 곳이 없으면 헷갈리게 되고, 내가 나로 느껴지지 않아 우왕좌왕하면서 우울해진다.

그래서 우리는 감정을 비칠 대상이 필요하다. 특히 애정을 쏟을 대상이 있으면 현재 나의 마음이 따뜻해진다. 그리고 애정을 쏟을 노력을 기꺼이 할 준비를 하면서 에너지가 느껴지게 되어 활기를 되찾는다

나에게 모든 관심을 집중하고 나의 손길이 필요한 사랑스러운 껌딱지에 어떻게 애정이 안 주어지겠는가.

똑딱이는 매사 무덤덤해지고 있던 나에게 생동감을 심어줬다. 현재 나의 마음을 애정의 감정으로 만들어 주는, 나만 바라보는 바라기다.

덜 닫힌 문에 머리를 박아 아파하고 있던 나에게 짧은 다리로 정신없이 뛰어와 내 머리를 헝클어트리면서 살피고는 문을 향해 왕왕 짖는, 나를 지켜주는 지킴이다.

기꺼이 평생 돌볼 수 있는, 솜방망이 전법을 구사하는 절대 지지 않는 용감한 껌딱지다!

" 교수님 돌아가셨데. "

아주 오랜만에 친구에게 전화가 왔다.

대학원 지도 교수님이 돌아가셨다고 했다. 학과 내에서 교내외로 가장 활동적이었고 화려한 모습의 교수님이라 그런지 죽음이란 단어가 바로 연결되지 않았다. 충격보다 는 익숙하지 않은 어색함으로 친구가 "여보세요"라고 말 하기 전까지 멍했다.

장례식장에 도착했다. 모든 경조사가 그런 것처럼 돌잔 치고 결혼식장이고, 그리고 장례식장이고 모습이 다 비슷 하다. 장례식장의 익숙한 모습에 울렁이던 마음이 차라리 들어서고 나서 차분해졌다.

영정사진을 보니 뭔지 모를 감정이 올라왔다. 당연히 슬 픔인가보다 했는데 좀 복합적이다. 한참을 쳐다보는데 눈 물이 났다. 눈물이 난 이유 중 하나는 영정사진 때문이 다.

" 왜 저 사진으로 했지? "

영정사진이 뚜렷하지 않고 많이 흐릿하다. 지금까지 본 장례식 사진 중 가장 어색했다. 게다가 아주 오래전 사진 이다. 삼십 년도 넘은 사진이었다.

나중에 물어보니 교수님 조카가 인터넷에서 증명사진을 찾아 확대했다고 했다. 장례식을 준비해 주는 업체에서 영정사진 달라고 했는데 사진이 없어서 그렇게 했다고 한다.

교수님 남편은 유명한 물리학자였다. 교수님이 돌아가시기 딱 일 년 전, 십 년 정도 치매를 앓다가 돌아가셨다고 한다. 남편을 돌보느라 자신을 돌보지 못해서인지 교수님은 그리고 나서 암으로 병원에 일 년 동안 입원해 있다가 돌아가셨다.

상주는 교수님의 외아들이다. 한국말이 서툰 그는 중학교 때부터 미국에서 공부하고 그곳에서 취업했다. 바쁜 공부와 일로 한국에는 쉽게 나오지 못했단다. 그리고 그곳에서 부인을 만나 가정을 일군 후에는 거의 나오지 않았던 것 같다.
미국에서 교수직을 맡고 있는 며느리는 아직 못 왔고 내일 온다고 했다.

쉽게 올 수 없는 먼 거리와 각자의 삶이 있고 서로 다른 문화권에 젖어 있는 상황에서, 예상치 못한 죽음은 예상치 못하게 준비된다.

가족이 무엇일까 생각해 봤다.

우리를 감싸고 있는 울타리지만 삶을 감싸지는 않는다. 가족은 삶이라는 전체 안에 포함된 삶의 부분이다.

아들이 미국의 유명 엔지니어가 됐다며 가족의 자랑이고 가문의 자부심이라고 웃으며 말하던 교수님이 생각난다. 그때의 꽉 찬 교수님의 만족감에 아들이 효도했다고 생각했다.

가족은 서로에게 언젠가 좋은 기억을 만들어 주면 된거다. 좋은 기억은 뇌에 투약한 영양제로 투약 시점부터 뇌가 멈출 때까지 효능이 줄어들지 않는다

가족은 기대를 위한 대상이 아닌, 힘들 때 기대라고 어깨를 피하지 않는 존재이다. 그리고 그 존재는 세상에 사랑을 줄 수 있고 책임감에 지킬 수 있는 나의 가치를 만들어 주어 기꺼이 가능한 일이다.

쪽방촌에 사는 할머니가 방송에 출연했다.

젊었을 때 건강 문제로 아이를 낳지 못해 할아버지를 보내고 세상에 혼자가 된 할머니는 반려견과 둘이 산다.
마지막으로 하고 싶은 말을 묻는 제작진의 질문에 반려견에게, "기대줘서 고마워."라고 했다.

중학교 때 한문 선생님이 사람을 뜻하는 한자어 '人'은 사람을 가장 효과적으로 나타내는 형태라고 했다. 기대어 서로를 지지하는 모습이 그렇다고.

하지만 또 어떤 면에서는 참 불안한 느낌도 든다.

서로 기대고 있지 않으면 앙상한 나뭇가지처럼 픽 쓰러지기 때문이다. 불완전함은 당연하고 불안전함이다.

그리고 이 글자를 가만히 보고 있으니 아주 간단하게 만들어졌다. 사람이 만든, 사람을 뜻하는 형성 문자를 이렇게 만들었다.

'田, 日, 一'이런 미니멀한 느낌은 아니다. 단순하기보다 허전하다.

나도 한자 선생님 말에 동의한다. '人' 이 글자는 사람을 효과적으로 나타낸다.

기댈 곳이 없어도 외롭고 아무도 기대주지 않아도 외롭다. 게다가 기대고 있어도 어딘가 허전하기도 하다.

2.

훈
련

" 손! "

" 앉아! "

" 엎드려! "

" 돌아! "

" 당근 인형 가져와. "

" 빵야! "

" 찰칵! "

사람들이 집에 놀러 오면 자신들을 격하게 반기는 똑딱이를 보고 이것저것 시켜본다. 물론 똑딱이는 단 하나도 하지 않는다.

" 어! 하나도 못 해? 안 가르쳤어? "

" 응. 스트레스 받을까 봐 그냥 안 시켰어. "

'손' 정도는 할 수 있었지만 먹을 것을 손에 쥐지 않고 시키면 절대 안 한다.

강아지 훈련은 한 두 살 이내인 어릴 때 하지 않으면 커서는 말을 잘 듣지 않는다고 한다. 놀라울 것도 없다. 생명체는 다 비슷한가 보다.

다섯 살이 된 똑딱이는 인형이나 공을 던지면 가져오지 않는다. 던진 것이 마음에 들 때는 물어서 자기 집에 넣어놓는다.

얼마 전 똑딱이에게 훈련 영상에서 본 것처럼 "빵!" 소리와 함께 옆으로 눕히는 시도를 해 봤다. 손에 고구마를 쥐고 있으니 식탐이 많은 똑딱이는 나에게 집중했다. 어찌어찌 엎드리기까지는 했고, 그 상태에서 고구마 쥔 손의 위치를 움직여 똑딱이가 몸을 옆으로 눕도록 시도했다.

하지만 똑딱이는 의심의 눈빛을 하고는 몸을 바로 일으켰다. 영상처럼 마음대로 되지 않았다.

대신 아기 때처럼 달라고 고구마 쥔 손을 툭툭 치면서 떼쓰기보다 멀찌감치 앉아 '나는 착한 강아지'라는 표정과 몸짓으로 앉았다. 그리고는 엉덩이를 들썩들썩하며 자신의 방법대로, "고구마 주세요."라고 온몸으로 표현했다.

나는 아기 똑딱이가 우리 집에 처음 왔을 때. 수험생처럼 유튜브에서 강아지 관련 영상들을 찾아봤다. 간단한 훈련은 놀이처럼 느껴 재미있어한다거나, 훈련을 통해 견주와의 친밀성을 높이고 서열학습이 되어 강아지들이 충성심과 편안함을 가질 수 있다는 등 강아지 훈련의 장점이 많이 있었다. 하지만 그 어떤 의견들도 어린 똑딱이가 스트레스받을까 걱정하는 나를 설득하지 못했다. 대단한 훈련도 아닌데 말이다.

당시 내 눈에, 엎드려서 옆으로 구르고 공을 던지면 물어오고 공룡 인형을 빠르게 찾아 가져오는 것이, 손바닥만 한 똑딱이가 하기에 특전사 훈련 정도로 느껴졌었나 보다.

먹는 것으로 유인하면서 태어난 지 얼마 안 된 어린 생명에게 훈련하는 것이 맞나 고민하는 중에 그냥 '손' 하면 턱 앞발을 내놓는, 지구상의 강아지들은 다 한다는 이것만 시켜보자 했었다.

가끔 아무것도 교육하지 않은 나의 방식이 똑딱이에게 별로 좋은 방법이 아니었나 생각한 적도 많다.

똑딱이 성장에 도움도 되고 심심할 때 나와 같이할 거리를 만들었으면 더 좋았을까 하는 생각이 들 때도 있지만, 교육은 시기가 있는 건데 그 시기가 지났으니 하기가 쉽지 않다.

어릴 적 교육은 평생 성향에 큰 영향을 끼친다. 그리스의 철학자 플라톤은, "교육이 한 인간을 양성하기 시작할 때의 방향이 훗날 그의 삶을 결정할 것이다."라고 했다.

하지만 교육의 방향은 어릴 때이니 스스로 선택할 수 없다. 결정에 영향을 끼치는 의견을 내기도 거의 불가능하다.

나는 유치원에 다니지 않았다. 서울 한복판인 우리 동네에서 유치원에 다니지 않은 아이는 내가 아는 한 없다. 학교에 입학하기 전인 다섯 살에서 일곱 살 때쯤, 다른 아이들은 당연한 듯이 유치원에 다니기 시작했다. 하지만 그때 나는 피아노 학원에 다녔다.

아주 오래전 어렸을 때지만 피아노 학원에 다니기 시작한 처음의 기억은 생생하다. 창문이 없는 길게 뻗은 하얀색 벽에 문이 여러 개가 쭉 있고, 모든 문은 소리가 새어 나오지 않도록 단단히 닫혀있었다.

작은 방안에는 피아노가 한 대씩 꽉 차게 들어가 있고 방문에는 음악가들의 사진이 커다랗게 붙어있었다. 사진에 따라 모차르트 방, 베토벤 방, 바흐 방, 슈베르트 반 등으로 방의 이름이 불렸다.

학원의 규모는 꽤 컸고 신발장에 작은 신발도 여러 켤레 있던 것을 보면, 같은 시간, 같은 공간에 학생들이 있었다. 하지만 다들 안에 들어가 있어 얼굴을 본 적도 없다.

학원에 도착하면 피아노와 함께 작은 방에 갇혔다. 긴 피아노 의자 위로 선생님이 내 옆에 딱 붙어 앉은 채 건반을 뚱땅거리지 않고 악보에 맞춰 치는 기술을 익혀야 했다.
손가락이 짧아 피아노 연주자들처럼 손가락만 바쁘기보다 다음 손가락이 가야 할 건반까지 바삐 손 자체를 움직여야 했다. 손가락 힘도 없어서 엄지손가락이 도를 치고 있으면 넷째 손가락이 파를 치기 위해 손등이 오른쪽으로 확 젖혀져야 건반이 확실하게 눌러졌다. 아래에서 금색으로 빛나던 페달은 중심 위치를 알려주는 도구로, 의자 위로 엎드려서 기어 올라가는 시작점이었다.
꾸역꾸역 피아노 학원을 다녀오는 내 뒤로 신나 죽겠다는 아이들의 소리가 들렸다.

" 새싹 유치원~ 새싹 유치원~ 아름답고 귀여운 아이들의 꽃동산~ "

또래 아이들은 목청껏 자신이 다니는 유치원 노래를 불렀다. 소리높여 부르는 노래가 자랑처럼 들려 듣기 싫었다.

당시 헐떡거리는 노란 가방을 둘러메고 유치원에 우르
르 몰려다니는 아이들이 아주, 아주 부러웠다.
지금까지 생생한 어린 기억은 몇 개 없는데 이 부러움이
그중 하나다.

　　나는 초등학교 입학하고 학생들 앞에서 뭔가를 하는
것이 어색했다. 다른 학생들은 앞으로 나와 노래를 시키
면 잘하든 못하든 했다.
하지만 나는 교단 앞으로 나왔을 때 많은 아이가 나를
쳐다보고 있는 그 상황이 어색해서 어쩔 줄 몰라 했다.

그때 처음으로, "내가 소극적이고 내성적 성격인가보다."
라고 생각했다.
　조금 더 나이를 먹은 뒤 당시를 회상했을 때, 배운 노래
가 없던 나와 달리 대부분의 아이는 비슷한 노래를 불렀
다.
노래를 모르는 나는, 어떤 노래를 어떻게 불러야 할지에
앞서 아는 노래가 없으니 무지(無知)함의 당혹스러움을
맛봤을 것이다.
　무지의 상황은, "눈을 질끈 감고 한번 해보자."와 같은,
노력한다고 되는 것이 아니었기 때문에 그 처음의 기억
이 세상을 얼마 살지 않은 어린 나에게는 꽤 힘들었던
것 같다.

북적이는 것보다 조용한 것을 좋아하고, 많이 내성적이며 소심한 나의 성격은 유전자에 이미 콕 박혀 있었을 것이다. 하지만 어렸을 때 유치원에 가서 아이들끼리 우르르 다니면서 놀았으면 차분한 색조들로 이루어진 성향에, 밝은 오렌지색 톤이 얇게 한 줄 덧칠해져 있지 않았을까 하는 생각도 해본다.

이후 피아노와 함께 바이올린도 개인 교습으로 배웠다. 음악에 흥미도 소질도 없던 나는 7년을 배웠지만, 체르니와 스즈키는 이름만 익숙하다.

지금도 음악을 잘 듣지 않는다. 클래식이고 팝송이고 가요고. 의도적으로 듣지 않는 것이 아니라 별로 듣고 싶지 않다.

어렸을 적 억지로 한 음악 수업들이 나쁜 기억이어서도 아니다. 그냥 음악에 소질도 흥미도 없었고 지금도 없다.

나는 나의 소심하고 예민한 면이 힘들 때가 많다. 섬세하게 작용해서 일이나 인간관계 등 사회생활에서 장점으로 발휘될 때도 있지만, 밖으로 '섬세한 나이스함'으로 빛날 때 속으로 매초 자신을 사각사각 갉아먹고 있다고 느낄 때가 더 많다.

하지만 아주 오랫동안 새겨져서 바뀌지 않는다. 내가 피아노나 바이올린, 화실 대신에 유치원과 태권도 학원에 다녔다고 내성적인 성격이 꽤 완화됐을 것이라는 장담은 못 하지만 어린 나는 엄마의 생각과 달리 그렇게 하고 싶었다.

과거 생각의 끝이 으레 그렇듯 뭐 다 지나간 일이다로 넘기고 청소를 시작하려고 일어났다. 우선 욕실로 들어갔다.

" 윙! "

   욕실에서 나오는 나를 보고 똑딱이가 한 마디 내뱉는다. 내 손에 든 칫솔 때문이다. 다 쓴 칫솔을 버리기 위해 가지고 나오니 자기 이빨 닦는 줄 알고 싫다고 표현한 것이다.

   똑딱이 이빨을 닦기 시작한 것은 얼마 되지 않는다. 어릴 때는 칫솔로 안 닦고 개껌을 줘도 치석 제거가 되는 듯싶었다. 스트레스받는 일은 최소화하고 싶던 나는 똑딱이 이빨 닦는 것을 하지 않았다.

   하지만 몇 달 전 사람들과 이야기했는데, 이빨을 닦아주지 않으면 이빨이 상해 음식을 잘 먹지 못해 건강에 문제가 생기고 삶의 만족도가 떨어진다고 했다.
   그리고 치석이 많아져 잇몸에 염증이 생겨 자칫 심장으로 세균이 넘어갈 수 있다는 무시무시할 이야기를 들었다.
   그 이후 억지로 닦고 있다. 하도 힘들게 닦아서 산책할 때 만난 견주들에게 물어보니, 자신의 개는 칫솔을 가져와 앉아있으면 다리 사이에 척 눕기까지 한다고 했다.

그리 좋아하는 눈치는 아니지만 어린 강아지 시절부터 해 오던 것이라 일상이 돼서 스트레스받지 않고 무던하게 한다고 했다.

 꼭 해야 하는 것이라면 억지로 '교육'받는 스트레스 대신 '일상'으로 느껴지도록 하는 좋은 방법을 간과했었다.

 나는 단순하게, '① 스트레스를 받지만 이빨을 위해 닦는다. ② 스트레스받는 것이 더 나쁘므로 닦지 않는다.' 이 두 가지 '보기' 중에서 골랐다.

 내 머릿속에 '억지로 하는 것'은 '스트레스받는 일'이라는 인식이 박혀 있었고, 스트레스가 교육이나 훈련에 끼치는 영향은 노력을 0이하로 만든다고 느껴, ②번이 정답이라고 생각했다.

사실 보기에 정답이 없을 수도 있는데 말이다.

 그러고 보면 우리나라에는 외국의 객관식 시험 보기에서 쉽게 찾을 수 있는 선택지가 없다.

다른 나라의 객관식 시험 문제의 마지막 보기에서, 주어진 힌트로는 정의될 수 없다는 뜻인 '⑤ undefined'는 쉽게 찾아볼 수 있다. 즉, 답이 없다.

 국내에서도 전국적으로 객관식 문항의 보기로 '⑤ 답 없음'이 시행됐던 적이 있는데 학생들이 너무 힘들어해서 금세 폐지됐다.

'답 없음'은 주어진 문제의 힌트로는 문제를 풀 수 없거나, 문제에 모순이 있는 경우 혹은 보기에는 답이 없다는 일반적인 선택이지만, 우리나라 학생들은 보기에 '답 없음'이 있으면 함정처럼 느껴 더 어려운 문제로 인식했다.

또한, 형평성이나 공평성 논란도 있었다. 진짜 답이 없어서 '답 없음'을 찾은 것과, 답을 틀려서 '답 없음'을 고른 것의 구분이 안된다는 것이다.

예를 들어 수학 문제를 푸는데 답인 '6'이 없고, 보기에는 '①1, ②2, ③3, ④4, ⑤답 없음' 이 있다.

풀어서 '6'이 나온 학생과 '23'이 나온 학생 모두 정답인 '답 없음'을 골랐다. 또한 '5'가 나와 가장 가까운 선택인 '④4'를 고른 학생이 있다면 23이 나온 학생보다 정답에 가깝게 풀었을 수도 있다.

가끔 학교에 따라 한 두 문제 정도 나올 수 있지만, 대체적으로 '답 없음'의 보기는 그 이후 사라졌다.

그래서 우리는 모든 문제에는 항상 '답 없음'이 답이 아닌, 구체적인 정답이 존재하는 것을 익혀왔고 적응해왔다.

시험 시간에 학생이 하는 말로, "문제가 이상해요."라는 말은 익숙하지 않다. 우리의 교육 분위기로 본다면 이 말과 어울리는 말은, "그럴 수도 있지." 보다는 "그럴 리가."일 것이다. 때때로 "감히."가 적합할 때도 있다.

항상 문제는 이상하지 않다. 행여 이상한 부분이 있더라도 답을 찾아야 한다. 즉, 어떤 경우라도 구체적인 정답이 존재하며 그래서 문제는 이상할 수 없다.

우리는 무수한 시험에서 수 많은 문제를 풀어왔고 정답을 찾는 연습을 해 왔다. 학교 교육은 지식 뿐 만 아니라 우리 사고체계의 많은 부분을 규정하는데 영향을 준다. 특히 정답을 찾는 방법이 그렇다.

초등학교 저학년 시험에서 가장 쉬운 과목이 무엇이냐는 질문에 대부분의 학생들은 '바른 생활' 혹은 '도덕'을 말한다.
다음 중 잘못된 행동은 무엇이냐는 문제에, '③ 어른을 공경하지 않는다.'가 답이다. 학생들은 이 문제를 쉽다고 느낀다. '쉽다'는 뇌의 반응은 '당연하지'와 같다. 이 질문에 대해, "음. 나이가 많다는 이유로 꼭 공경해야 하나?"하면서 고민하게 되는 어려운 문제로 인식되서는 안된다.
더불어 사는 사회의 '기본적' 규칙과 가치를 사회 구성원이 인지해야 하는 것은 사회질서에 필수적이다. 그렇기 때문에 초등교육에서 도덕 과목은 쉬운 것이 가장 중요한 특징이다.

이렇듯 기초 교육은 우리의 뇌를 체계화 시키는데, 특히 정답을 고르는 기술이나 방법을 오랜 시간 익히면서 강화된다.

그래서 교육에서 시험은 정치적인 부분이 많다. 예를 들어, 토플시험에 정답의 키워드로, '콜럼버스'와 '디스커버리'가 많이 나오는 것도, 아메리카 대륙은 '원주민이 살고 있던 곳'이라는 인식보다, '콜럼버스가 발견한 신대륙'이란 것을 '정답'으로, 즉 옳은 생각으로 인식하게 만들기 위해서이다.

우리는 오랫 동안 시험을 경험해 왔다. 그러면서 문제를 인식하고 풀어내는 방법을 익혔고 어렵거나 모르는 이유는, '문제는 잘 못 되지 않았기 때문에 자신에게 잘못이 있다'로 연결됐다.

열심히 노력했지만 나아지지 않는 상황을 외부로 돌려 사회 구조나 분위기를 탓하기보다, 무조건 내부에서 찾아, '나의 노력이 부족했구나'가 정답이 됐다.
찾다 찾다 자신의 태생까지 들먹이며 '흙수저'라는 방식으로 답을 찾아냈던 수저 논란도 이런 영향과 연결될 것이다.

어렸을 때부터 문제가 잘못돼서 정답이 없을 수도 있다는 것을 자연스럽게 익혔으면 어땠을까 하는 생각을 해 본다.

" 왕왕! "

 벨 소리가 들리니 똑딱이가 신이 났다. 누군가 오는 것이 똑딱이가 가장 좋아하는 일이다. 그래서 똑딱이를 가장 흥분되게 하는 말이, '누구와'이다.
 가까이 사는 친구가 놀러 왔다. 교회 가는 길에 잠시 들렸단다. 똑딱이에게 줄 병아리 인형도 가져왔다.
커피를 타고 있는 동안 똑딱이는 자신의 오래된 친한 친구처럼 내 친구를 맞아줬다.

 점심에 쪄 놓은 고구마와 새로 내린 커피를 내왔다.

" 아멘. "

 교회에서 권사 일을 맡고 있는 친구는 고구마를 먹기 전 눈을 감고 짧게 기도했다. 친구는 아침에 일어나서 잠들기 전까지 많은 기도를 한다. 친구의 기도를 기다렸다가 함께 먹기 시작했다.

 종교가 있냐는 질문에 나는 항상 무교라고 답한다. 교회를 다니거나 성경을 읽지도 않고, 또한 절을 다니지도 불경을 읽거나 듣지 않는다. 하지만 신이 있다고는 믿는다. 그래서 힘들 때 내가 할 수 있는 것이 없을 때 기도한다.

가끔 기도하다가 이런 생각이 들 때가 있다.

" 내가 하는 기도 방식이 맞는 건가? 혹시 기도하는데 규율이 있지 않을까? "
" 이렇게 해주세요. 도와주세요. 뭐 이런 부탁만 하게 되는데 이게 기도로서 괜찮은 건가? "

 아무리 기도지만 부탁만 하는 것이 불편하고 또 이기적이라 기도를 들어줄 것 같지 않다. 세상 모든 일이 '기브 앤 테이크'이니 신에게 기도하면서 '나를 도와준다면 나도 남을 도우면서 살겠다'라거나, 혹은 좀 더 구체적으로 내가 할 수 있는 선한 일을 제시할 때도 있다.
 그러다 하찮은 내가 신에게 해줄 수 있는 일이 설마 있을까 하는 생각이 들기도 한다.

나의 기도 방법이 옳지 않아서 신께 나의 외침이 들리지 않거나, 또는 무엇을 바라는지 제대로 전달하지 못할 수도 있어서 나름대로 하는 절실한 기도인데 아무런 의미가 없으려나 싶기도 하다.

" 끄응~ "

  친구와 내가 고구마를 먹고 있으니 똑딱이가 앞다리를
내 무릎에 올리고 그거 달라고 한다.

" 안돼! "
" 이거 엄마 거야. 똑딱이 아까 고구마 많이 줬잖아. "

  내가 줄 것 같지 않자 갑자기 식탁에서 멀찌감치 떨어
져 시키지도 않은 '앉아' 자세를 하고 있다. 똑딱이는 아
까 고구마 먹은 기억이 없다는 표정으로 엉덩이를 들썩
거리며 고구마를 애타게 바라본다.
  다른 것도 아니고 똑딱이가 세상에서 가장 좋아하는 음
식인 고구마를 안 주려니 마음이 불편해서 똑딱이에게
계속 단호하게 말했다.

" 안돼! "
" 똑딱이 아까 먹었으니깐 이건 엄마 거야. 똑딱이 이거
먹으면 큰이모처럼 돼지 돼. "
  똑딱이가 삐졌는지 방으로 들어간다. "엄마. 미워."하는
엉덩이다. "고구마라면 환장하는 걸 알면서 왜 안 주지?"
이렇게 생각할 것 같다. 어쩌면 더 서러울 수도 있다.
"다 알면서! 다 줄 수 있으면서!" 이렇게.

그러다 갑자기 이런 생각이 들었다.

" 똑딱이가 나를 어떻게 생각할까? "

스스로 엄마라고 부르는 나에 대해 똑딱이는 생각이 다를 수도 있겠다는 생각이 퍼뜩 떠올랐다.

똑딱이는 한 손에 올리고도 손바닥 자리가 남을 정도로 태어난 지 얼마 되지 않아 우리 집에 왔다. 어쩌면 똑딱이는 내가 엄마처럼은 아니지만 자신을 만들었다고 생각할 수도 있다.

자신과 달리 어마어마한 큰 체구에 먹을 것을 척척 가져오고 방안을 환하게 혹은 어둡게도 하는 등 자신의 주변을 좌지우지하는 나를 신처럼 생각할 수도 있겠다고 생각했다.

문뜩 궁금해졌다.

" 동물들도 '신'에 대한 인식이 있을까? "

자신에게 젖을 주고 감싸주는 존재도 아니고, 그렇다고 바람이나 천둥 같은 자연도 아닌 신의 존재에 대해 느끼거나 혹은 궁금할까? 아니면 꼭 신에 대한 인식은 없더라도 기도할까? 자기 능력을 넘어 절대 할 수 없는 것에 대해, 단순히 희망하는 것이 아닌 사람이 하는 기도처럼 좀 더 적극적으로 '바람'을 희망하는 마음가짐을 할까?

" 똑딱이 언제 왔어? "

 방에 들어갔던 똑딱이가 금세 왔다. 얼굴을 옆으로 돌려 옆에 와 있던 똑딱이를 보며 친구가 말했다.

" 어? "
" 똑딱이 뭐해? "

 아래를 내려다보니 똑딱이는 식탁 바로 옆으로 와서는 방에서 가져온 병아리 인형을 열심히 꾹꾹 누르고 있다. 병아리가 찌부가 됐다. 누르다 인형이 옆으로 삐끗해지면 다시 앞발로 힘주어 누른다. 아주 열심이다.

똑딱이는 핸드폰을 하고 있었다.

 그러고 보니 '손!' 말고 똑딱이에게 유일하게 시킨 훈련 이 있다.

걷는다기보다 굴러다니던 솜뭉치 시절의 꼬물거리는 똑
딱이에게 '손!'을 교육하던 때였다.

식탐이 왕성하고 호기심이 풍성한 똑딱이는 몇 번의 시
도 만에 금방 '손'을 했다. 뭔가 하나 더 하고 싶은 나는
물건을 익히게 하고 싶었다.

내가 가장 많이 사용하는 작은 물건을, 주변을 두리번거
리다가 옆에 핸드폰이 눈에 들어왔다.

" 똑딱아. 이게 핸드폰이야. "

"핸드폰!" 이렇게 말하고 핸드폰을 똑딱이 앞발 아래 밀
어 넣고 간식을 줬다. 몇 번 시도하니, 내가 핸드폰이라
고 말하면 그 위에 발을 올리기만 하면 간식을 준다는
것을 알아챈 듯했다.

신이 나서 나는 더 크게 핸드폰을 외쳤다. 똑딱이는, "이
거, 이거."라는 식으로 힘주어 핸드폰을 앞발로 눌렀다.

이 신기술을 사람들에게 빨리 보여주고 싶어 가족들이
오기를 기다렸다. 가족들이 모두 오고 나와 똑딱이는 우
리가 훈련한 것을 보여줄 준비를 했다.

한 손에 간식을 꼭 쥐고 핸드폰을 나와 똑딱이 사이에
놨다. 내가 핸드폰을 외치니 똑딱이는 핸드폰을 앞발로
꾹 밟았다. "우와!" 가족들의 탄성이 터졌다. 다들 열광했
다.

TV에서 본 다큐멘터리인데, 닐 암스트롱이 달에 첫발을 내디뎠을 때의 환호 비슷한 것이었다.
"우리 똑딱이 천재 아니야?" 다들 신이 났다. 손바닥만 한 똑딱이가 너무 귀여웠다.

청소하는 중에 갑자기 핸드폰이 눈에 안 보이면 어떻게 할까가 궁금했다.

아까처럼 바로 앞에 있지 않고 저기 뒤쪽에 있는 핸드폰은 무거워 가져올 수 없으니 왕왕 짖으면서 여기 핸드폰이 있다고 할 것 같다. 상상만 해도 너무 귀엽고 기특했다.

청소하다 말고 한 손에 간식을 쥐고 거실 중간에 앉았다. 간식을 먹고 싶은 똑딱이도 내 앞에 턱 앉아 나를 올려다봤다.

내가 "핸드폰!"하고 외치자, 똑딱이는, "나 그거 알지!" 하는 몸짓으로 자신감 있게 벌떡 일어나더니 옆에 걸레를 꾹 누르기 시작했다. 당황해서 걸레를 뺏다.

" 어! 똑딱아 이거 핸드폰 아니잖아. 핸드폰~ "

그러자 똑딱이는 다시 옆에 놓은 걸레를 눌렀다. 내가 빼려 하자 1킬로그램이 될까 말지 한 몸으로 힘주어 꾸욱 눌렀다.

걸레를 치우고 다시 핸드폰을 외치니 뒤를 두리번거리더니 자신의 애착 인형인 핑크 상어를 가져와 내 앞에 툭 놓고는 그 상어를 마구 눌렀다.

생각해 보니, 낮에 똑딱이에게 핸드폰을 가르칠 때 핸드폰이 하나밖에 없어서 똑딱이가 꾹 누르고 있으면 다시 빼서 똑딱이 앞에 놓기를 반복했었다.

누르는 것을 빼니 빠지지 않게 힘줘서 계속 눌렀고 그래서 똑딱이는 '핸드폰'이란 단어가 자신이나 내가 소중히 생각하는 무엇인가를 힘줘서 꾹 누르는 것으로 생각했던 것이다.

그 이후 지금까지도 똑딱이에게 간식을 보이면서 '핸드폰'이라고 말하면 똑딱이는 가장 최근에 내가 관심이 있다고 보인 물건이나 혹은 자신의 소중한 인형 중 하나를 가지고 와서 꾹꾹 누른다.

바라는 정도가 크면 클수록 더 열심히 누른다. 한번은 사은품으로 작은 고무 공이 생겨 굴리면서 놀라고 똑딱이에게 줬다. 그리고 저녁 식사로 오랜만에 고기를 굽고 있었다.

구운 고기를 식탁에 올리려고 뒤를 돌았는데 똑딱이가 그 공을 가져와서 힘겹게 누르고 있었다.

데구루루 잘 굴러가는 동그란 고무 공이어서, 놓고 살짝만 건드려도 앞으로 쭈욱 굴러갔다. 그러면 똑딱이는 온몸으로 그 공을 내 앞으로 가져와서 최선을 다해 눌렀다.

절실하니 외면할 수가 없다.

똑딱이의 행동은 핸드폰이 아니다. 내가 바라는 핸드폰이 아니고 사실 틀렸다. 하지만 무엇을 위해 저렇게 열심히 누르고 있는지 안다.

어쩌면 어떤 일이든 방법이 서툴거나 혹은 틀렸다고 해도 절실한 마음으로 바라면 통하지 않을까 싶다.

내가 똑딱이에게 고구마를 준 것처럼.

그러고 보면 가르친 것은 없는데 똑딱이는 '앉아', '기다려', '안돼' 다 안다. 시킬 때 안 해서 그렇지.
그리고 바라는 것이 있으면 멀찌감치 떨어져 앉아있거나, '먹어'란 말이 없으면 간식을 코앞에 가져가도 먹지 않고, 유혹을 참으려고 간식이 아닌 다른 곳을 쳐다본다.

늘어난 눈치의 효과 같지만, 아무튼 시간이 지나니 훈련 영상 속 개들이 하는 것을 대부분 하고 있다.

내가 세상에 적응하는 것처럼 똑딱이도 적응했나 보다. 그리고 느낌으로는 나보다 훨씬 빠르고 자연스럽게 적응한 것 같다.

아! 그리고 똑딱이는 핸드폰도 한다.

3.

사
회
성

" <u>으</u>르렁~ "

산책 중에 저만치 걸어오는 큰 개를 보고 똑딱이가 경계하기 시작했다.

" 왕왕! "

가까이 다가올수록 맹렬하게 짖는 똑딱이를, 그 개는 심드렁하게 보면서 옆으로 쓱 지나갔다.
멀리서부터 시끄럽게 짖어댄 똑딱이 덕에 뻘쭘한 나는 대형견 견주에게 지나치면서 뭐라도 말해야 할 것 같았다.

" 어휴~ 얘가 사회성이 없어서요. "

똑딱이는 자신보다 작은 개는 신경 안 쓰는데 덩치가 비슷하거나 큰 개를 보면 경계한다. 특히 대형견일 경우는 멀리서부터 긴장하며 가까이 다가오면 나름 사납게 짖기 시작한다.
3.8 킬로그램인 똑딱이는 결과적으로 대부분의 개를 경계한다. 산책할 때 다른 개가 보이면 똑딱이 때문에 덩달아 나도 긴장한다.

문제 있는 행동을 하는 개들을 고쳐주는 영상들에서, 다른 개들을 보고 짖거나 불편해하는 개들의 행동을 주로 '사회성이 부족하다'라고 표현한다.
그래서 정신없는 와중에 변명처럼 튀어나온 말이 '사회성'이었다.

산책로를 따라 조금 더 걷다 보니 벤치에 친구 사이로 보이는 여럿이 앉아있다. 똑딱이는 그들과 눈을 마주치려고 천천히 속도를 줄여가며 쳐다봤다.
똑딱이는 사람을 무척 좋아한다. 낯이 익거나 설거나 가리지 않고 사람이라면 모두 좋아한다. 앉아 있던 사람들이 자신들을 빤히 쳐다보는 똑딱이를 인식하자 웃으며 말을 걸어줬다.

" 산책가? "
" 신났네~ "
" 귀여워! "

말을 걸어주니 기분이 좋아진 똑딱이는 꼬리를 살랑살랑하며 그들에게 가서 반갑다며 애교를 부리기 시작했다.
그런 똑딱이를 보고 사람들은 한마디씩 했다.

" 아이고~ 순해라. "
" 사람 좋아하나 봐요. "
" 어쩜 이렇게 사회성이 좋아! "

산책을 마치고 집에 왔다. 마침 TV에서 '동물농장'을 하는데, 시장 여기저기를 떠돌아다니는 개가 나왔다.

자주 찾아오는 그 개에게 순댓국집이나 고깃집에서는 먹을 것을 챙겨주기도 했다. 알고 보니 그 개는 산사에서 키우는 개였다. 인적이 드물고 한적한 산에 살지만 사람이 북적이는 곳이 좋아 항상 내려왔다. 이러한 이유에 대해 방송에서는, '특별하게 사회성이 좋아 사람이 많은 곳으로 내려온 것'이라고 설명했다.

전문가들이 나오는 프로그램에서도 초점을 어떻게 두느냐에 따라 '사회성'의 의미가 다르게 해석된다.
사회성이 주변과의 무난한 어울림의 정도를 표현한다면, 그 어울림의 상대가 사람이냐 혹은 같은 개들이냐에 따라 다르다.

저녁을 먹고 환기를 시키려고 창문을 활짝 열어놓았다. 밖에서 지나가던 개가 크게 짖는 소리가 가깝게 들렸다. 인형이랑 잘 놀고 있던 똑딱이가 후다닥 뛰어와서 창문 쪽을 보고 밖에서 짖는 개를 혼내듯이 짖는다.

그러면 나는 대충이지만 꼭 반응해 준다.

" 밖에 쟤가 뭐라 그랬어. "
" 엄마가 혼내줄게. "
" 알았어. 알았어. "

그러던 중 전화가 왔다. 중요한 전화인데 밖에 개와 똑딱이의 이중주가 상대방에게 BGM으로 들릴까봐 급하게 방으로 가서 문을 닫고 통화를 했다.
통화를 마치고 카톡을 확인하고 거실로 나왔는데, 밖에 개는 계속 짖는 중인데 장단을 맞추던 똑딱이는 어디 갔는지 조용하다.

창문가에 있던 똑딱이는 아까처럼 안방에서 인형을 질 근질근 물면서 놀고 있다. 열린 방문 사이로 머리를 빼꼼 내밀고 자신을 보고 있던 나를 발견하고는 갑자기 급하게 나와 밖에 짖고 있던 개에게 반응해 짖기 시작했다.

평소 설거지나 청소 등 뭔가 하면서 똑딱이에게 반응해 주던 나는 이번에는 주의 깊게 똑딱이를 봤다.

똑딱이는 내 쪽을 몇 번 흘깃거리면서 창밖을 보고 짖었다. 밖에 개가 가지 않고 창문 가까이에서 계속 짖으니 나중에는 귀찮아하는 듯 보였다.

처음에는 "왕왕!"하면서 짖다가 예상보다 밖에 개가 오래 머물면서 짖으니, '마지막에 짖는 개'가 승자라는 똑딱이 승패 공식인지 소리 낮춰 대충 "왕!" 내뱉었다.

똑딱이는 숙제처럼 짖고 있었다.

똑딱이는 밖에 짖고 있던 개에게 초점이 맞춰 있기보다 그 개가 짖는 것이 자신이 부각될 수 있는 상황으로 인식했던 것 같다. 똑딱이는 그 틈에서 나의 반응을 이끌어냈고 그 반응이 똑딱이에게 관심이고 칭찬 같은 것이었나보다.

산책할 때 다른 개를 보고 가장 격렬하게 짖을 때는 내가 들어 안았을 때이다. 똑딱이의 행동은 나의 반응에 따라 달랐고 나를 의식하고 있었다.

다음 날 산책할 때 반대편에서 오는 큰 개를 보고 평소처럼 긴장하지 않고 신경 쓰지 않으려고, 신경 쓰지 않는 척이라도 하려 애썼다.

리드줄을 짧게 잡은 채 굳이 다른 곳을 보고 앞에 개가 없는 듯 무심하게 줄을 끌면서 걸었다.

짖을 태세를 하던 똑딱이는 한번 "왕"하고 내뱉고는 조용히 따라왔다.

확실히 평소보다 반응이 작았다.

불안하고 불편하게 세상을 대하는 나의 태도가 그동안 똑딱이의 경계심 있는 태도를 유지하고 강화했던 것 같다.

초등학교 때 어린 내 눈에 '사회성'이 부족해 보이던 아이가 생각났다.

입학하고 당분간은 대부분의 아이들이 엄마와 함께 등교했다. 학년이 바뀌 2학년에 올라가면서 아이들은 부모 없이 또래들끼리 등교하기 시작했다. 하지만 그 아이는 2학년이 거의 끝나갈 때까지 하루도 빠지지 않고 엄마와 함께 등교했다.

게다가 그 아이의 엄마는 교실로 함께 들어와 아이가 자리에 앉는 것을 보고 몇 가지 짧게 당부하고 나갔다.

그 아이는 어른들과의 관계는 무난하지만, 또래 친구들에게는 무심하거나 어떨 때는 공격적이었다.

선생님에게는 잘 보이려 애쓰지만 친구들에게는 날카로웠다. 아이인 자신과 다른, 어른과의 관계에 더 집중했다.

짝이 잠깐 지우개 빌려달라는 말에도 절대 안 된다고 난리 치던 그 아이를, 경험이 축적된 지금에 와서 돌이켜 생각해 보면 부모의 과도한 관심이 문제가 되지 않았나 싶다.

항상 교실까지 같이 들어와 다른 학생들과 다르게 보이도록 만들고, 아이가 다른 학생들과의 차이를 유지하는 것을 애쓰게 했다.

결과적으로 당사자나 다른 학생들 모두 서로를 불편하게 됐다. 그 부모의 당부 끝은 주로, "선생님 말씀 잘 듣고."로 끝났다.

사람과의 사회성은 좋은데 개와의 사회성은 별로인 내 친구가 있다.

개와는 잘 지내지 못한다. 개를 무서워하지는 않지만 싫어한다. 내가 왜 싫으냐고 물어보니, 털 날리는 것도 싫고, 핥는 것도 싫고, 싫은데 들이대는 것도 싫단다.
네발 달린 짐승을 왜 집안에 두냐고, 서로 싫을 것 같다고 해서 나는 닭이나 키우라고 장난조로 말하고 대화를 마쳤다.

그런 친구의 성향을 강화하는 일이 생겼다. 위층에 새로 이사를 왔는데 그 집 개가 엘리베이터에 함께 타면, "감히 엘리베이터를 타?" 이런 표정으로 성난 듯 내리라고 짖어댄다고 했다. 그 집 견주도 미안한지 문이 열려 사람이 타려 하면 당황해서 바로 개를 들어 품에 꼭 안는다고 했다.
그래도 내릴 때까지 시끄럽게 짖고 어쩌다 주인이 안고 있는 개와 눈이라도 마주치면 같이 타서 기분이 몹시 상했는지 더 격렬하게 짖는다고 했다.
위층 영향인지 이제는 산책로에 개가 점점 많아지는 것도 짜증을 냈고, 개를 동반할 수 있는 카페인데도 개를 데리고 오면 불편한 내색을 드러냈다.

하루는 그 친구가 집을 꾸미는데 페인트 색상을 골라달라고 부탁해서 인테리어매장에 함께 갔다.

그곳에 커다란 개가 있었는데 상담하는 우리를 무심하게 가만히 쳐다보고 있었다. 내가 가까이 다가가자 귀찮은 듯 슬쩍 옆으로 피했다. 다시 의자로 돌아오자 개도 다시 그 자리로 오더니 아까처럼 우리를 쳐다봤다.

상담하던 사장이 다른 샘플을 가지러 간 사이 친구는 그 개를 한참 쳐다보더니 한마디 했다.

" 개가 예쁘네."
" 어? 너 개 싫어하잖아. "
" 저렇게 순한 개는 좋아. "
" 저런 개라면 키울 수도 있겠다. "

개를 싫어하는 친구가 처음으로 호감을 나타냈다. 스쳐 지나가는 개도 싫어하던 친구가, 개를 키울 수도 있겠다는 느낌을 받을 정도로 호감을 받았다.

잘 지낸다는 것은 호감으로 느껴지는 부분이 비호감으로 느껴지는 부분보다 클 경우다. 그래서 어떤 사람이 가지고 있는 부분이 자신의 기준에서 심한 비호감일 때, '저런 사람과 어떻게 지내지?' 이렇게 느낄 때가 있다.

하지만 그 사람의 다른 부분에 호감을 크게 느끼는 사람들은 유야무야 단점들이 무뎌지거나 참아진다.

그리고 호감과 비호감을 결정하는 요인은 시대나 장소에 따라 변한다. 모든 특성은 시대나 상황에 따라 다르게 규정되기 때문이다. 그리고 자연스럽게 개개인에게 스며들어 취향인 듯 들어온다.

오래전 집에서 개들을 기를 경우는 주로 집을 지키기 위해서였다. 그래서 마당에 묶어놓고 키우던 개는 낯선 사람이 오면 짖어야 사람과 함께 어울려 사는 존재 가치를 인정받는 것이었다.
그들은 일터이자 쉼터인 마당에서 인생의 대부분을 보냈다. 당시는 지금처럼 줄을 메고 산책을 주기적으로 시켜주는 집은 찾기 힘들었다.
길에서 보이는 개는 대부분 떠돌이 개였고 이들도 "개 팔아요."를 외치며 동네를 돌아다니는 개장수가 뜨면 함께 사라졌다.

90년대 중반이 지나고서야 개를 산책시키는 집이 차츰 늘어나기 시작했다. 1997년 KBS 드라마 '프러포즈'에서 연기자 원빈이 개를 산책시키는 장면이 나오는데, 지금처럼 일상의 모습보다는 세련되고 여유 있는 모습을 보여주기 위한 연출로 느껴졌다.

초등학교 때 친구네 집에 놀러 갔을 때 우르르 몰려온 친구들을 보고도 마당에서 멀뚱하게 우리를 쳐다보던 친구네 개가 있었다. 낯선 사람을 보면 사납게 짖는 우리 집 개와 달리 순한 친구네 개를 보고 나는, "너희 집 개 착하다."라고 말했다. 하지만, 바로, "저래서 집 지키겠냐. 밥값도 제대로 못 하네. 쯧쯧."하며 혀를 차던 친구네 할머니 말에 나의 칭찬이 뻘쭘해졌었다.

얼마 전 유튜브에서 개 훈련 영상을 보는데, 처음 본 사람을 반갑게 맞아주니 훈련을 부탁한 견주가 자기 개를 보고 귀엽다는 듯이 한마디 했다.

" 이러면 집 지키겠어? "

그러자 훈련사는 웃으며 이렇게 답했다.

" 요즘 개는 집 못 지켜요. "

예전이라면 혀를 차는 핀잔을 듣던 특성이, 주인과 전문가 모두에게 귀엽게 느껴지는 특성이 됐다. 사람과 함께 사는 대부분의 개에게 주어진 주된 임무가 '집을 지키는 것'이었는데 이제는 그 임무는 사라졌다.

밥값도 못하던 짖지 않고 조용한 개는 시간이 지나 저절로 호감을 주는 사회성 있는 개가 됐다.

우리는 살면서 자신에게 혹은 타인들에게서, 한 것 없이 남이 좋아하거나 혹은 싫어하는 경우를 종종 봤다.
사회 구성원이 느끼는 호감이나 비호감은 사회성에 크게 영향을 끼친다.

대학원 다닐 때 중학생들 영어 과외를 했었다.

동네 여중생들을 가르쳤는데 그들은 같은 학교, 같은 학년이었다. 그중 한 아이의 부모는 자신의 아이에 대해 걱정이 이만저만이 아니었다. 하루는 나에게 전화를 걸어 물어봤다.

" 선생님, 우리 아이가 수업 시간에 어때요? "
" 숙제도 잘해오고 문법에 대해 정리도 잘 돼 있고 영어 듣기도 아주 잘하는 편이에요. "

하지만 그 부모가 궁금한 것은 아이의 수업이 아니었다.

" 선생님께 말은 잘하나요? "
" 네. 차분하고 예의도 바르고 대답도 잘해요. 왜요? "

" 어…. 학교에서 연락이 와서 상담하러 갔는데 우리 아이가 사회성이 부족한 것 같데요. 친구들과 어울리지 못한다고 하네요. "

" 점심도 혼자 먹고. 여학생 중에 급식 혼자 먹는 아이는 우리 아이밖에 없데요. 등하교 때도 혼자고 쉬는 시간에도 다른 아이들처럼 친구들과 이야기하지 않고 늘 혼자래요. "

착하고 공부 잘하며 유머 감각까지 갖춘 그 학생이 따돌림을 당한다는 것이 전혀 이해가 안 됐다.

학생의 부모는, 딸에게 상담한 것을 말하며 왜 친구가 없냐고 물어보면 이후 상황을 풀어나가기가 힘들어질 수 있을 것 같다며 우선 나에게 학교생활에 대해 아이에게 물어봐달라고 부탁했다.

대학교 1학년 때부터 과외를 해본 경험으로 봐도 중학교 학생들, 특히 과외 선생님과 성별이 같은 경우 어떤 부분은 부모에게보다 더 잘 털어놓기도 한다.

나는 다음 수업에서 티 내지 않고 학교생활에 관해 물어봤다. 하지만 아무리 봐도 문제를 찾을 수 없었다.

따돌림을 당하고 캐나다로 유학 간 학생을 가르친 적이 있었는데 왜 학교에서 따돌림당하는지 눈치챌 수 있었고 학교생활에도 적응하지 못했다.

하지만 이번에는 내 눈에 매우 괜찮은 학생이고 학교생활도 힘들어하지 않았다. 학생에게서 문제를 발견하지 못한 나는 과외를 하던 다른 학생에게 슬쩍 물어봤다.

" 너희 학교에도 왕따 그런 거 있어? "
" 네. 걔는 전따예요. 전교 왕따. "
" 진짜? 남학생이야? 이름이 뭐야? "
" 여학생인데요. 이름은 OOO이에요. "

순간 나는 크게 당황했다. 그 아이의 이름이 나왔다.

" 어…. 왜 싫어해? "
" 되게 뚱뚱해요. "

 그 아이는 또래보다 몸집이 컸다. 식습관보다 체질에 문제가 있어 살이 오른 경우다. 부모는 이를 조절하기 위해 큰 노력을 하고 있었다.

 학생은 수업 이야기가 아니라 그런지 신나서 나에게 말했다.

" 남자아이들이 자기들끼리, 서로 '너 OOO랑 결혼해라.' 이러고 놀려요. 그게 남자애들 사이에서 가장 심한 욕이에요. "

'사회성'은 사회 구성원들에게 호감 또는 비호감을 유발하는 요인이 크게 영향을 끼치는데. 특히 어린 학생들은 성숙하지 못하기 때문에 그 요인이 더 단순하다.

혹시나 심적으로 힘들어할까 걱정했지만 그 아이의 정신적 단단함과 성숙도는 예상보다 훨씬 대단했다.
자신을 따돌리는 이유를 이해했고 그 이유가 자신이 어쩔 수 없다는 것을 알았다. 게다가 어울리지 않아도 학교생활에 재미있는 요소를 잘 찾아나갔다.

학생은 잘 지냈지만 학교 적응에 문제가 있다는 이유로 부모는 번갈아 가며 계속 학교로 불려 갔다.
옆에서 지켜보면서 부모의 걱정은 이해가 됐지만 걱정할 필요 없다는 것을 알았다. 한번은 중학교 3학년 때 수학여행을 가는데 제주도에 여행 간다고 들떠있었다. 단체버스도 혼자 앉아서 가고 점심도 혼자 먹었지만, 학생은 재미있게 여행을 즐기고 왔다.
따돌림을 받는 학생들이 숙박이 포함된 수학여행을 싫어하거나 절대 안 가려고 하는 것과 차이가 있었다.
시트콤에 나왔던 대사인데, "걔들이 나를 왕따시키는게 아니라 내가 전체를 왕따시키는 거야. 유치해서 못 놀아주겠어." 이 말이 나에게는 농담이 아니라 진지하게 느껴졌다.

학생의 부모는 고등학교 가서도 학교생활에 적응 못 할까봐 걱정이 컸다. 학교 선택도 경쟁이 심하지 않은 곳에 위치한 규모가 작은 학교를 선택하려고 고민 중이었다. 하지만 나는 확신이 있었다. 그래서 이렇게 제안했다.

" OOO는 꼭 강남의 자사고로 보내세요. "

 그곳으로 가면 더 힘들어지는 것 아니냐며 결정을 주저하는 부모에게 나는 학교를 결정하는 마지막까지 주장했다.
 학생이 가지고 있는 영특함이 커다란 호감과 장점으로 발현될 수 있는 장소였기 때문이다. 나의 주장과 학생의 의지로 학구열이 높은 강남의 자율형 사립고에 입학했다.

 학생은 입학하고 첫 중간고사에서 전교 일 등을 했다. 조용하면서 은근히 유머 감각까지 있고 그림도 잘 그리는 '전교 일 등 OOO'는 바로 선생님들과 전교생의 관심을 받게 됐다.

 부모는 학교 상담하러 갔을 때, 친구들이 물어보는 문제도 잘 가르쳐주고 수업 태도도 좋은, '반에서 가장 인기 많은 학생'이라는 말을 들었다.
 그리고 전교 일 등으로 졸업하며 학교장 추천으로 원하는 학교와 학과에 입학했다.

" 카톡! "

단체 카톡이 울렸다. 하나가 울리니 기다렸다는 듯이 연이어 계속 카톡 거리다.

" 내일이죠? "

어떤 지인이 집 한켠에 작업실을 만들어서 나를 포함한 몇몇을 초대했다. 하지만 가기 전부터 사람들의 은근한 볼멘소리가 나왔다.

" 어휴. 난 가기 싫은데. "
" 전 그 선생님이랑 별로 친하지도 않았어요. "

 장소가 먼 곳도 아니고 날씨도 포근한 봄날의 가벼운 외출인데 다들 벌써 몸이 무겁다.
 솔직히 나도 별로 내키지 않는다. 왜 가기 꺼려질까 생각해보니 초대한 사람에 대해 마음이 가지 않았다. 친하지 않아도 설레는 만남이 있는데 여러 번 봤는데도 그저 그렇다. 나이 차이가 좀 났지만 그보다 차이 나는 사람들과도 편하게 잘 지내니 원인이 나이는 아닌 것 같다. 그는 강압적이거나 권위적이지도 않다. 차라리 그 반대다. 소탈한 느낌도 있는데 왠지 꺼려진다.

다음 날 약속한 대로 사람들이 모임 장소 근처에 모두 모인 후 선물을 준비하고 함께 들어갔다. 문이 열리고 그가 우리를 반갑게 맞이했다. 그리고 그의 반려견인 푸들이 함께 맞이해 줬다.

사람들은 꾸며놓은 공간을 구경하고 소파에 앉았다. 미리 준비해 놓은 차와 떡이 놓여있다.
우르르 온 손님들이 앉지도 않고 오자마자 여기저기 둘러보다가 막 앉으니 이제야 반가움을 맘껏 표현할 수 있겠다 싶은 그 집의 반려견은 내 차례다 하며 신이 났다.

사람들이 앉아 있는 소파로 껑충 올라왔다. 덩치가 좀 있는 중형견이라 강아지용 계단 같은 받침대가 없어도 혼자서 잘 올라온다. 올라와서는 사람들 사이로 왔다 갔다 하면서 난리가 났다. 정신없이 사람들 얼굴을 핥는데 특히 입을 집중적으로 핥는다.
나는 화장실을 가기 위해 자리에서 일어났다. 한 명 없어지니 남은 사람들에게 더 집중적이다. 내가 이미 화장실을 갔으니 다른 핑계가 없는 사람들은 그 자리에 그대로 앉아 있어야 했다.

처음에는 다들, "아이, 귀여워.", "발랄하네."하며 쓰다듬고 장단을 맞춰줬다. 하지만 시간이 지속되니 불편해했다. 이야기하기도 힘들고 차를 마실 수도 없다. 집주인만 평온하다.

천천히 화장실에서 나온 나는 어디 앉아야 할지도 모르겠다. 그 중 한 사람은 집에 들어올 때부터 개를 그다지 좋아하는 눈치도 아니었다. 처음부터 억지로 예의상 맞춰줬던 것이다.

인제 그만 주인이 멈춰줘야 할 것 같은데 모르나 보다. 그때 확 와닿았다. 나를 포함한 사람들이 왜 이 선생님을 꺼렸는지.

눈치가 없다!

그는 성격에 모난 부분도 없고 심성이 못되지도 않은데 어울리지 못했다. 혼자 즐기는 성향이 아니지만 사람들은 전시나 행사가 아닌 사적인 모임에는 그를 부르지 않았다.

타인과의 관계에서 자신만 생각하는 이기적인 성향도 주변에서 멀리하지만, 타인을 자신의 기준으로 생각하면서 행동하는 것도 마찬가지다.

상대를 이해할 때 '나라면'으로 놓는 것은, 기준을 '자신'으로 잡은 것으로 이기적인 것과 별반 다름이 없다. 자신이라면 무던하게 넘어갈 행동이나 신경 쓰이지 않는 일들이 타인은 예민하게 받아들일 수 있다.

가끔 당당한 태도를 표현할 때 "눈치 보지 않는다."라고 말하는데, 이는 타인의 시선에 너무 위축되지 말라는 뜻이지 인간관계에 해당하는 말은 아니다.

인간관계에서 서로의 '눈치 보기'는 가장 기본이다. 눈치를 전혀 보지 않으면 '눈치 없는' 사람이 되어 있을 것이다.

" 어디 가서 차 한잔하고 가요. "
" 네! 좋죠~ "
" 오랜만에 모이니깐 좋네요. "

바쁘다고 나온 사람들이 이제 마음이 편해졌는지 수다가 터졌다.

" 그런데 작업실 인테리어 괜찮지 않았어요? "
" 새로 염색한 작품도 좋았어요."

그러고 보면 그는 능력 있고 매사 의욕적이다. 하지만 사람들이 전문가나 작품을 나에게 문의해 올 때 대뜸 소개해 주기에는 멈칫해진다. 사람들과의 원만한 관계가 확신이 서지 않기 때문이다.

홀륭한 능력이나 작품이 있어도 우선 사람들이 이를 알아야 알아주든 말든 할 수 있다. 무엇이든 세상에서 빛을 발하기 위해서는 많은 사람의 반짝이는 눈동자가 필요하다. 또한 사람의 호감도는 그의 작업에도 영향을 미친다. 더 잘해 보일 수도, 혹은 단점이 부각되기도 한다.

좋은 사회성은 노력의 결과물들을 돋보이게 해 준다. 단순한 니스칠이 아니라 크리스마스트리의 전구 정도로 그 영향력은 막강하다.

" 우리 아이가 사회성이 좋아서요. "
" 우리 아이가 사회성이 없어서요. "

언젠가부터 아이나 개에게 칭찬이나 걱정할 때 '사회성'이 자주 등장한다. 하지만 내가 어릴 적 칭찬할 때 '사회성'이란 단어는 등장하지 않았다.
'친구들과 사이좋게 지내기'는 능력이나 장점이라기보다 덕목 같은 것이었다.

그러나 이제는 주변과 조화롭게 융화되는 것은 능력이다. '주변과 잘 어울리는 무난함'의 특성 자체가 무난한 것은 아니다.
밀레니엄 시대 이후 중요 단어를 나열했을 때 빠지지 않고 등장하는 것 중 하나는 '소셜 social'이다. SNS에서 '팔로워'의 숫자는 그 사람의 힘이고 능력이다.

나는 직업란에서 '인플루언서'라는 것을 처음 봤을 때 의아했다. 영향을 끼치는 것은 결과인데 이것을 직업으로 한다는 것이 이해가 안 됐다. 예를 들어 화가로서 교육자로서 혹은 연예인으로 각자의 직업에서 탄탄한 위치를 토대로 결과로써 영향력을 행사하게 되는 것 아닌가 했다.

하지만 온라인에서의 막강한 사회성으로 여러 사람과의 관계를 유지하며 그들에게 빠르게 의견과 정보를 제공하며 영향력을 발휘하는 것 자체가 노력이 필요한 특화된 능력으로 사회의 요구가 있는 역량이다.

이들의 영향력이 필요한 곳은 널려있다. 아니, 주변 모든 곳이라고 해도 무방하다. 콧대 높은 정치권이나 대기업에서도 순간마다 이들을 찾고 있다.

지금은 시대가 이렇다.

" 웡! 웡! "

똑딱이가 놀라서 짖었다.

" 앗! "

 똑딱이보다 내가 더 깜짝 놀랐다. 어떤 개가 길가의 냄새를 맡은 똑딱이 뒤에서 확 다가왔다.
그 개는 공격성이 있어 보이지 않고 놀자고 달려든 것 같긴 했다. 하지만 똑딱이는 그런 행동을 싫어하고 그래서 짖으며 표현했다.

나는 똑딱이의 끈을 내 쪽으로 짧게 당겼다. 그러자 그 견주는 똑딱이에게 가려고 하는 자기 개를 위해 줄을 길게 늘어놓았다.
그 개는 정신없이 들이대고 똑딱이는 싫어서 으르렁 소리를 점점 키운다. 공격할 기술이나 능력도 없으면서 공격할 태세다.
혹시 싸움이 날까 끈을 당기고 나 혼자 난리가 났다. 당황한 나와 달리 그 견주는 리드줄을 당기지 않고 자기 개가 원하는 대로 다 해라는 심정으로 천하태평이다.
 똑딱이를 끌며 빠르게 지나가려 하니 줄이 긴 상대방 개가 다시 엉겨 붙는다. 그 개가 똑딱이를 뒤쫓아 내 주위를 돌다 보니 나중에는 내 다리에 그 개의 줄이 한 바퀴 감아졌다.

순간 넘어질 뻔했다.

그런 나를 보고 똑딱이가 사납게 그 견주를 향해 짖었
다. 나중에 생각해 보면 그 견주를 향했다기보다 내 발에
돌려있는 줄을 풀려고 정신없이 몸을 움직이는 상황에서
똑딱이도 당겨지면서 향한 방향이 그렇게 보였을 수도
있다.

하지만 나는 그때 정신이 확 차려졌다.

그래! 나도 짖자!

" 지금 뭐 하는 것에요! 넘어질 뻔했잖아요! 싫다는데 줄
을 그렇게 풀면 어떻게 해요? "

내 평생 처음이다. 지금까지 살면서 남한테 큰 소리로 화
를 낸 적이.

나를 아는 사람들에게 이때의 이야기를 해 주면. "네가
화를 내 봤자 얼마나 냈겠냐 네 생각에 화를 냈다고 생
각하지만 상대방은 그렇게 생각하지 않을걸."이라고 한
다. 하지만 나는 꽤 소리높여 말했다.
왜냐하면 똑딱이가 싫다고 하는데도 신경 쓰지 않고 예
의 없이 막무가내인 것에 화가 났다. 그 견주에게 그리고
참고 피하기만 했던 나에게.

"가가. 가가. 놀기 싫단다."라며 미안하다는 말 없이 자기 개를 휙 데리고 갔다.

그 견주의 끝까지 예의 없는 태도에 계속 화도 나고 처음으로 모르는 남에게 화를 낸 경험에 기분이 좋지 않아 저절로 일그러진 얼굴을 한 채 터벅터벅 산책로를 걸어가고 있는데 눈앞에 잘 만 가고 있는 똑딱이가 보였다.

똑딱이는 다시 자신의 페이스대로 평소처럼 잘 즐기고 있었다. 그 모습을 보니 뭔가 깨달아지면서 평정심이 찾아졌다.

" 그래! 인간관계는 이렇게 하는 거야. 참지 않고 화를 내서 기분이 나쁜 건지, 화를 덜 내서 기분이 나쁜 건지 신경 쓸 필요가 없어. 나쁜 기분도 그 사람과 그 상황을 계속 신경 쓰는 거잖아. 세상 모든 인간관계를 신경 쓰려 하지 말자! 나에게 충실해지자! "

나는 너무 주변을 의식했다.

그 의식에 깊게 빠져 허우적댔고, 이제 그만 올라오고 싶었지만 어떻게 해야 하는지 몰랐다.

몇 해 전, 이사를 위해 짐을 정리하는데 일기처럼 짧게 끄적이던 오래된 메모장을 발견했다. 그중 의지를 담아 손으로 꾹꾹 눌러쓴 메모가 눈에 띄었다.

[함부로 '그래'라고 하지 마라.]

무던해 보이는 나는 어떤 조직에서든 사회성이 좋아 보였다. 잘 어우러졌고 그 누구와도 불편함이 야기되지 않았다.

어린 시절부터 그랬다. 초등학교 때 투표로 반에서 단 한 명의 반장을 뽑는 선거에서 나는 매번 압도적 표 차로 당선됐다. 우월한 기분 때문인지, 혹은 나에게 호감을 가지고 뽑아준 고마움 때문인지 그 이후부터 나는 항상 친절하려고 노력했다.

시간이 지나고 보니, 모두에게 친절하려고 노력하는 것이 '나다움'이라고 생각했는데 '나만 힘듦'이었던 것 같다.

나를 우선적으로 고려하지 않은 타인에 대한 친절은 자신에게 불친절한 행위이다. 내가 나를 우선순위에 두지 않으면 계속 뒤로 밀려난다.

데일 카네기는 그의 저서 『인간관계론』에서, "인간은 인정받고 싶은 욕구가 있어 이를 만족시켜 주는 상대방에게 호감을 느낄 수밖에 없다."라고 했다.

하지만 책에서 예시로 등장하는 사람들은 대통령이나 기업의 총수, 혹은 세계적으로 유명한 작가 등이다.

예를 들어 대기업 회장이 회사의 말단 사원이나 청소 관리자에게 예의를 갖추어 대하자 그들은 회장에게 호감과 믿음을 가지게 된다. "우리 회사의 회장님이 나에게도 깍듯하게 인사해 주네." "건물 청결의 중요성을 말하면서 그 중요한 일을 한다며 고맙다고 해 주다니." 이런 식으로 말이다.

나는 처음 이 책을 읽었을 때 예시로 든 사람들이 너무 특별해서 나 같은 평범한 사람들에게는 그다지 도움이 되지 않는다고 생각했었다.

그러나 좀 더 생각해 보니 대우받았다고 느끼는 것은, 회장이나 대통령이란 직책보다 '중요한 사람'에게 그런 예우를 받았기 때문이다.

자신도 중요한 사람인 것을 기본으로 가지고 상대를 대해야 한다. 즉, 인간관계에서 상대를 중요한 사람으로 대하면서 상대가 나를 중요한 사람으로 느끼도록 하는 것이다.

나를 그 누구도 함부로 대할 수 없는 소중한 사람임을
스스로 인식하며 행동한 상태에서, 타인 또한 중요한 사
람인 것을 표현한다면 상대방은 호감을 느끼게 된다.

내가 나를 대하는 태도를 보고 남도 나를 대한다.

징징대며 무턱대고 자신만을 찾으면 사람들은 그를 어
린아이로 대하는 것처럼, 나는 뒤로 밀려나도 괜찮은 사
람처럼 행동하면 남들을 그를 맨 끝에 둔다.

남을 너무 의식하며 나를 방치하면 남들도 그는 배려할
필요가 없다고 생각한다.

세상의 나로 내가 선택되었는데 책임감 없이 저만치 두면 나는 희미해져 없어질 수밖에 없다. 당연하지만 그 누구도 책임지거나 안쓰러워하지도 않는다.

약간의 동정이 있다면 그것은 자신의 선한 마음을 즐기기 위한 태도일 뿐이다. 자신을 소중하게 생각하지 않는 사람에게는 동정도 쉽게 가지 않는 것이 일반적이다.

자신을 스스로 배려해야 한다.

자신이 특별한 이유를 타인에게서 인정받으려 할 때 평범해진다. '평범'이란 것이 나쁘지는 않지만, 자신을 '그들과 다른 나'로 인식되는 반대로서의 의미가 평범이라면, 세상의 수많은 존재 중 하나를 선택해서 주어진 '나'로서 기분 좋을 리는 없다.

누구나 자신에게 평범하지 않다. 나는 자신이기 때문에 가장 특별하다.

"이 세상에 있는 모든 사람 중 가장 특별한 사람은 누구인가?"라는 질문에, 지구상에 있는 모든 사람은 "나!"라고 답할 것이다.

만약 '나'라고 대답하지 않는다면 그것은 '나'는 너무나 특별하기 때문에, '나를 제외한 모든 사람 중에서'라고 질문을 이해했을 확률이 백 퍼센트에 가깝다.

타인에게 특별함을 부여받을 필요는 없다. 이미 나는 자신에게 세상에서 가장 특별한 존재다.

특별한 우리 모두지만, '나'는 고려하지 않고 타인에게 특별하기 위해 노력하는 사람들은 나에게 '자신'이 없어서이다.

가장 특별하고 소중한 당신, '자신'을 가지고도!

4.

간
식

" 가수분해된 걸 먹여야 해요. "

똑딱이 간식 사러 왔는데 간식 파는 상점에서 추천해 주
며 말했다.

" 가수분해된 게 뭐에요? "

나의 질문에 의외라는 표정으로 되물었다.

" 강아지가 알레르기가 있는데 가수분해 간식 안 먹이세
요? "
" 알레르기 있는 경우는 간식뿐만 아니라 사료도 가수분해
된 걸 먹어야 해요. "
" 가수분해된 게 다이어트에 좋아요. "

 얼마 전 친구가 나에게 글루타치온 먹어야 한다고 해서
그게 뭐냐고 물어봤을 때와 반응이 비슷하다. '글루타치
온'만 여러 번 들은 것처럼 이번에는 '가수분해'만 여러
번 들었다.
 집에 와서 컴퓨터로 폭풍 같은 검색을 한 후 가수분해
제품들을 몇 개 골라 장바구니에 클릭해서 넣어놓았다.
그리고 전문가의 의견을 들어보고 싶던 나는 다음날 외
출하고 돌아올 때 동물병원에 들러 물어봤다.

수의사는 똑딱이는 돼지고기에만 민감한 반응을 해서 가수분해된 제품을 먹일 필요는 없다고 했다.

알았다고 하고 나왔지만 많은 사람이 먹이고 있어서 어제 검색할 때 장바구니에 넣어놓은 것 중 평점이 높은 것을 하나 주문했다.

나의 관심을 끈 문구는, 단백질 등 영양 섭취가 덜 된다는 것이다. 이런 특징이라면 당분간 먹여보는 것도 좋을 것 같았다.

" 이건 열량이 아주 낮아요. "
" 이건 영양가가 거의 없어요. "

이런 말과 함께 권해준 곤약간식을 누가 심부름시킨 것처럼 냉큼 구매한 것도, 영양과 열량 모두 포화 상태인 것 같아 잠시 '무(無)'에 가까운 것을 먹이고 싶어서였다.

요즘 똑딱이가 살이 올랐다. 처음엔 털이 길어서 그런 줄 알고 살이 찐 줄 몰랐다. 우리 동네 매의 눈인 할아버지 덕분에 알았다.

산책로에서 자주 보는 할아버지다. 똑딱이를 보면 매번 이름을 본인이 부르고 싶은 것으로 부른다. 할아버지는 똑딱이를 보고 바로 생각나는 이름으로 부르는데, 목욕하고 나가면 "우리 흰둥이 왔어!"하고 반겨준다. 그리고 꼬리를 흔들면서 가면, "우리 재롱이 왔어!" 한다.

오랜만에 산책로에서 만난 할아버지는 똑딱이를 보더니, "우리 뚱땡이 왔어!"라고 했다. 집에 와서 저울에 올려보니 역시나 몸무게가 늘었다. 완전 매의 눈이다.

반려견의 몸무게를 낮추고 싶어 하는 사람은, 살 빼고 싶어 하는 사람의 비율과 비슷하다. 즉 무지 많다.

좋은 음식의 가장 중요한 기준이 '영양가 높은'이던 시대는 이제 사람뿐만이 아니라 개에게도 떠났다.

'열량 높은'이란 이미지는 대중들에게 판매 욕구를 저하시킨다. 탄산음료에 '제로'가 붙은 것만 찾는 사람들도 점점 늘어나고 있다. 해독주스나 간헐적 단식에 관심을 기울였던 것도 열량 포화 상태인 몸을 잠시나마 쉬게 하고 싶었던 이유였다.

고기 맛이 나는, 콩으로 만든 스테이크 값은 고기로 만든 스테이크와 비슷하다. 비싼 고기를 먹지 못해 단백질을 채우려 콩을 먹던 과거와는 전혀 다르다.

식품 매장에 '비건을 위한'이란 문구를 내세우자 사람들의 관심을 받으며 판매가 올랐다. 이는 실제 비건이 몰려서라기보다 채소 위주라 열량이 낮을 것이란 기대로 대중의 관심을 끌었기 때문이다.

백화점 식품 매장에서 중년의 딸이 노모와 함께 채소를 고르고 있다. 그 옆에서 나도 채소를 보고 있었다.
　딸은 집어 든 채소의 가격이 예상보다 비싸자 판매원에게 "어머, 왜 이렇게 비싸요?"라고 하자 판매원은, "그건 유기농이에요."라고 했다. 딸은 이해한다는 표정으로 카트에 넣었다.
　할머니가 딸에게 왜 굳이 유기농을 사냐고 물으니, 딸이 유기농이 농약 위험에 안전하다고 답했다. 그러자 할머니가, "배불렀네. 배불렀어."라고 말했다. 할머니는 '여유'를 그렇게 표현한 것 같았다.

　무엇이든 업그레이드된 것이 나온다. 그러면 사람들은 새로운 만족을 카트에 담아 지불한다.

　'풍요의 시대'란 고전적 느낌의 말이, 현대 대형 매장에 가면 저절로 툭 튀어나온다.

　무언가 사기 위해 매장에 가면 구매할 품목이 브랜드별로 쫙 늘어서 있다. 만지면 터지는 것도 아닌데 손이 만질까 말까, 하면서 주저주저한다. 눈 감고 고르는 것도 아닌데 못 고르겠다. 아니 차라리 눈 감고 고르는 편이 쉽겠다.

결정장애가 찾아올 때마다 상점의 직원에게 이렇게 물어본다.

" 뭐가 잘 팔려요? "

그러면 직원은 이렇게 답해준다.

" 이게 요즘 유행이에요. "

정답을 말해준 것처럼 그것을 잡아들었다. 그리고 유행이라는 이유만으로 선택한 것은 아니라고 보여주는 행동인, '앞뒤로 훑어보는 척'을 하고는 그것을 집어 온다.

우리는 많은 경우 '대중의 선택'에 의지한다. 상품평이 좋거나 평점이 높으면 갑자기 내가 사려고 한 물건이 된다.
너무 많은 상품에서 다수의 소비자가 취할 수밖에 없는 방법이다. 그리고 수많은 소비자 중 당연히 존재할 현명한 소비자를 믿는다. 만약 그가 틀렸다면 또 다른 현명한 누군가가 지적해 줄 거라고 생각하며 마음 편히 있는다.

과잉 공급의 시장에서 누군가의 말을 들어야 한다면, 공급자와 소비자 두 집단에서 후자의 말을 듣는 것이 낫다고 생각하며 상품평과 평점을 성경처럼 읽는다. "믿습니다." 하면서.

십 년 전에 과자 '허니버터칩'의 인기가 어마어마했던 적이 있다. 상점마다 품절이었다. 그리고 최근엔 어린 학생들에게 '포켓몬 빵'이 그랬다.

마케팅의 영향도 있지만, 당시 사람들의 입맛이나 요구에 알맞게 부합된 점이 컸다. 마케팅의 힘만으로는 쉽지 않다.

유행의 영향을 쉽게 알 수 있는 패션업계에서 막대한 자본과 탄탄한 유통망으로 소호 샵과의 경쟁에서 선두에 쉽게 서지 못하는 것도 그 이유이다.

해태제과와 일본 제과업체인 가루비가 합작한 해태가루비에서 출시한 허니버터칩의 인기는, 단짠에 대한 소비자의 요구가 올라오는 시점에 시작됐다.

꿀과 버터의 조합으로 만든 감자칩은 소비자들의 만족도와 흥미를 높이기에 완벽한 맞춤이었다.

미국의 요리사이자 작가기인 제임스 비어드는, "음식은 우리의 공통점이며 보편적 경험이다."라고 했다. 음식에는 시대의 취향과 선택이 있다.

허니버터칩보다 훨씬 오래전에 과자 '자갈치'가 유행했던 적이 있다. 당시 대부분 과자가 백 원이었는데 자갈치도 마찬가지로 백 원이었다. 바삭하고 짭짤한 과자에 대한 사람들의 호응도와 잘 맞아떨어지며, 어느 시점에 과자 중 단연 일등으로 팔리기 시작했다.

그러자 물 들어올 때 노 저어야 한다는 과자 회사는 멀쩡한 가격이던 자갈치를 120원으로 올렸다. 갑자기 봉지 앞면에 '120원'이라는 글자가 크게 새겨졌다.

당시 거의 모든 슈퍼마켓에서 과자를 이십 퍼센트 할인해 주던 터라 120원으로 올렸어도 백 원으로 살 수 있었다. 아마 과자 회사도 이 점을 염두에 두었던 것 같다. 하지만 자갈치의 매출은 하루아침에 뚝 떨어졌다. 황금알을 낳는 거위의 배를 가른 꼴이었다.

유행은 무조건 지나가기 때문에 공급자라면 광풍이 물었을 때 열심히 부채질해야 하는 것이 맞다. 하지만 유행은 현재의 상태로 힘을 발휘하는 것이기 때문에 함부로 손을 대면 안 된다.

유행은 시대의 선택이라는 호감과 믿음이 들어가기 때문에 함부로 손을 대면 배신감을 느낄 수 있기 때문이다.

패션에 관심이 지대한 한 친구가 이런 말을 했다.

" 나는 내가 되게 센스 있다고 생각했거든, 마음에 드는 옷 스타일이 바로 유행하고, 재미있게 읽은 책이 베스트셀러가 되고. 맛있게 먹은 식당이 대박식당이 되고. "
" 근데 생각해 보니깐 내 취향이 완전 대중적이더라고. "

그 친구가 자주 사용하는 단어는 '트렌디'이다. 그 친구뿐 아니라 우리는 모두 대부분 대중적이고 그래서 '트렌디'하다.

똑딱이가 요즘 귀를 자꾸 긁어서 동물병원에 데리고 가기 위해 택시를 불렀다. 그리고 기사에게 바로 전화를 걸었다.

" 개가 있는데 괜찮나요? "
" 네. 술 먹은 개만 아니면 돼요. "

취객 손님은 싫다는 기사의 농담에 나도 웃으며 거들었다.

" 술 먹는 개도 있나 봐요. "

사실 개는 술 먹으면 안 된다. 술뿐만이 아니다. 카페인도 그렇고 사람만큼 먹으면 죽는다. 개를 키운 지 얼마 안 된 사람들에게 반려견의 먹이를 줄 때 당부하는 말은 주로 이것이다.

" 사람 먹는 것 주면 안 돼! "

사람과 개의 식성은 크게 다르지 않다. 둘 다 잡식에다 사람과 어울려 살면서 더욱 비슷해졌다. 하지만 개는 땀샘이 없어 몸에서 배출이 어렵기 때문에 염분이나 당 성분이 높으면 중독의 위험이 있다.

이 외에도 자극적인 성분이 함유된 음식을 먹으면 바로 배탈이 나거나 설사하게 된다.

장이 약한 사람들이 우유를 먹으면 설사하는 것처럼 개도 그렇다. 그래서 락토프리 우유를 준다. 친구가 자기 집에 온 지 얼마 안 된 반려견을 어린 아들에게 맡기고 마트에 가야 했는데 그동안 음식을 함부로 줄까 봐 걱정 됐다.

그래서 친구는 아들이 이해하기 쉽도록, 장이 약해서 쉽게 탈 나는 친정엄마의 예시를 들어 개도 외할머니와 똑같다고 설명해 줬다.

개의 음식은 덜 자극적이다. 바꿔 말하면 사람의 음식이 더 자극적이다.

'리설 웨폰'이라는 형사가 주인공이 영화가 있다. 열정 넘치고 터프한 이 형사는 동료 형사의 집 거실에서 그가 준비하기를 기다리던 중 입이 심심했다. 그래서 눈앞에 있는 개 사료를 간식 먹듯이 와그작와그작 씹어먹었다.

어린 마음에 그 장면이 신선했는지 아니면 충격이었는지 그 영화 통틀어 가장 선명하게 기억난다.

아마 당시에, "개밥을 먹어?" 하면서, 먹으면 절대 안 되는 음식을 먹는다고 생각했던 것 같다.

하지만 나의 반응이 바뀌었다.

어느 날 TV에서 강아지가 감자칩 과자를 먹고 있는 것을 보고, 사람이 개 사료를 먹던 영화 장면보다 더 큰 충격으로 다가왔다. "헉. 저거 사람이 먹어도 매우 짠데." 하면서 함부로 감자칩을 주는 견주가 책망 되고 그 강아지가 걱정됐다.

이제는 영화 등 미디어에서 사람이 개 사료를 먹는 장면이 나오면, "맛은 없었겠다." 정도지 별생각은 안 든다. 하지만 반대의 경우는 반대다.
TV에 심각한 비만 상태인 개가 나왔는데 원인을 살펴보니 견주가 초코파이를 주고 있었다. 초콜릿 제품은 열량이 높은 것도 있지만 개들에게 중독 증상을 유발할 수 있어 주의해야 하는데 한 번도 아니고 매일 줬단다.
초코파이를 자주 먹으면서 개는 건강이 상했고 금세 비만견이 됐다. 이 장면에 나의 반응은, "맛은 있었겠다."에 멈추지 않는다.

게다가 요즘 사람의 음식은 사람이 먹어도, "괜찮을까?" 하는 걱정이 올라올 때가 있다.

음식들이 전보다 자극적으로 바뀌었다. 매운 떡볶이나 매운 라면은 정도가 먹기 힘들 정도다. '맵다.' 이런 표현보다 '자극적'이다는 표현이 적합하다.

사람늘이 자극을 위해 매운 인스턴트 라면을 찾으면서 그 인기가 그야말로 '핫'해졌다.

영국 작가인 조지 버나드 쇼는, "음식에 대한 사랑보다 더 진실한 사랑은 없다."라고 했는데 우리는 항상 음식에 진심이었다. 하지만 요즘은 더 '진한' 사랑 같다.

한 방송에서 누군가 말했다.

"달고 짠 음식을 번갈아 먹으면 죽을 때까지 먹을 수 있어요."

음식을 배부를 때까지 먹는 것이 아니다. 질릴 때까지 먹는 것을 넘어, 질리지 않게 만들어 더 먹는 '비법'을 말해준다.
단맛과 짠맛의 줄임말인 '단짠'은 단순히 맛의 표현이 아닌, 입이 지루해지지 않도록 달고 짠 음식을 번갈아 가며 섭취하는 방법이다.

그리고 언젠가부터 먹는 것을 콘텐츠로 하는 방송 프로그램이 많아졌다. 채널의 홍수에서 '자극'을 효과적으로 만들 수 있기 때문이다.

'일상'과 '쇼'의 결합은 자극을 가장 쉽게 끌어낼 수 있는 조합이다. 쇼를 위해 짧은 시간에 많이 먹거나 아주 매운 음식을 먹는다. 오래전부터 있던 핫도그 빨리 먹기 대회와는 다르다. 스포츠처럼 겨루기가 주된 목표인 이 대회는 일상의 모습이 없기 때문이다. 많이 먹으려는 것에 초점을 두어 목 넘김이 쉽도록 물에 적셔 삼키는 핫도그 빨리 먹기 대회는 이입해서 보기 힘들다.

꼭 먹는 프로그램이 아니더라도 매 순간 시청자의 관심을 끌어야 하는 예능 프로그램에서 빠지지 않고 등장하는 것이 바로 먹는 장면인데 먹는 장면이 나오면 집중된다.

'쇼'를 보여줄 것이기 때문이다. 이는 프로그램 출연자와 시청자 모두 알고 있다. 그래서 출연자들은 더욱 쇼로서의 진정한 '먹는 방송'을 보여주기 위해 노력한다.

한 숟가락이나 혹은 한 젓가락을 먹더라도 많이, 그리고 쇼적 연출을 위해 소리 내어 먹는다. 면을 먹을 때는 '면치기'라 하여 '후루룩' 소리 내서 많은 양의 면을 한꺼번에 먹는다. 그러면 쇼를 관람한 사람들은 만족한다.

과거에 소리 내서 먹는 것을 예의 없고 볼품없다고 하던 것과 상반된다. 또한 면을 먹을 때 국물이 얼굴이 튀지 않게 하려고 조심해서 먹던 것과도 차이가 있다.

먹고 나서의 리액션은 필수다.

TV보다 유튜브 채널에서 먹는 방송의 유행을 선도했다. 먹으면서 하는 방송이란 의미의 '먹방'은 우리나라뿐 아니라 해외에서도 유튜브를 통해 꽤 익숙한 단어가 됐다. 2021년에는 옥스퍼드 사전에 '먹방'이 등재됐다.

[mukbang : video, esp. one that is livestreamed, that features a person eating a large quantity of food and talking to the audience. -Oxford English Dictionary]

무슨 맛인지 알거나 예상할 수 있으며 원하면 먹을 수 있는 음식들의 먹방은, 사람들이 쉽게 즐길 수 있는 거리가 됐다. 먹방 채널들은 높은 조회수를 기록하며 '먹방러'들은 스타가 됐다.

먹방에 자주 나오는 음식들이 있다. 바로 '면과 고기'이다. 밥과 채소보다 자극적이기 때문이다. 먹성이 좋은 사람들이 나오는 TV먹방에서, 한번은 국밥이 나온 적이 있었는데 출연자와 시청자 모두 시큰둥했다. 쇼를 진행하기도 지켜보기도 모두 밋밋했다. 하지만 고기가 나오면 쇼는 활기를 띤다. 기름이 뚝뚝 흐르는 고기나 곱창을 불판에 가득 올리니 지글지글 소리를 내며 구워진다. 그것들을 크게 한입 가득 먹는 장면에 브라운관 안과 밖의 사람들 모두 흥분한다.

드레싱 없는 샐러드나 맑은 국밥은 자극적이지 않다. 이는 몸에서 그런 것처럼 눈에서도 해당한다.

지역의 음식을 소박하게 소개하던 오래된 프로그램도 분위기가 바뀌었다. 새우젓으로 간을 낸 맑은 국물의 갈비탕을 소개할 리포터는 음식이 나오기 전부터 높은 기대감을 표현하며 활기를 띠었다. 갈비탕이 나오자 눈이 커지며 쇼를 보여줄 준비를 한 리포터는 고기를 크게 한 입 먹고는 먹기 전보다 차분해졌다. 담백한 음식 맛에 대해 높아진 '텐션'으로 이야기하기가 어색했기 때문이다. 그러면서, "자극적이지 않아서 좋아요."라고 말했다.

이런 생각이 들었다.

" 자극적이지 않아서 좋으면 자극적이었으면 싫어했을까? "

당연히 그렇지 않아 보였다. '싱겁다' 혹은 '맛이 별로'로 느낄까, '그래서 좋다'라는 사족을 붙여 변명하는 느낌이다.

이제는 '자극적이지 않다'가 음식 맛의 하나의 특징이 됐다. 예전에 자극적이지 않은 것이 일반이고 자극적인 것이 특징이었다면, 이제는 '자극적이지 않은 것이 특징'인 것이 된 것 같다.

가족들과 함께 펜션에 왔다. 애견 동반 펜션이라 똑딱이도 함께 왔다. 이른 저녁을 먹고 밤늦게 배가 출출한 가족들은 여행 기분도 만끽할 겸 맥주와 치킨을 시켜 먹자고 했다. 치킨이 배달되자 누구보다 신난 건 똑딱이다.

" 이건 절대 안 돼! "

잔뜩 신이 난 똑딱이에게, '애교', '투정', '삐짐', '화냄', 그 어떤 것도 안 통한다는 것을 미리 인식시키기 위해 눈을 부라리고 '안돼'를 여러 번 말했다. 그리고 똑딱이에게 간식을 주었다. 평소라면 좋아하던 간식인데 치킨 냄새가 나니 거들떠보지도 않았다.

가끔 궁금할 때가 있다. 똑딱이가 사람의 미각을 유혹하는 자극적인 음식을 먹고 싶어 하는 이유가 뭘까?
먹어본 적이 없어 무슨 맛인지도 모르는데 말이다. 사람들이 맛있게 먹으니, 그것을 보고 그러나 했다. 하지만 생각해 보니 내가 맛있게 먹던 묵과 두부, 상추는 달라고 안 했다.
코를 자극하는 양념 고기 냄새와 와삭거리는 씹는 소리 때문인가 싶다. 사람에게 자극적인 것은 개에게도 자극적일 것이다. '자극'이라는 것의 본질이 멀리 돌아가지 않고 단순을 추구한 결과라 공통으로 통하는 것 같다. 아무튼 똑딱이는 먹고 싶은 것을 참느라 힘들었나 보다. 이미 삐졌다.

자극은 일반적이고 빠르고 그래서 강력하다.

유튜브에는 다양한 먹방채널들이 있다. 주변에도 많이
본다. 친구가 구독해서 보는 유튜브 채널이 있는데
ASMR 먹방채널이다. ASMR은 '자율 감각 쾌감 반응
(Autonomous Sensory Meridian Response)'의 줄임
말이다. 과거에 '백색 소음'이란 말이 종종 사용됐지만
언젠가부터 'ASMR'이 익숙해졌다. 이는 뇌를 자극해서
심리적 안정과 쾌감을 유도하는 반응을 말한다.

친구가 보내준 영상을 몇 개 봤는데 구도가 코 밑으로
잘려 먹는 음식과 입이 화면에 꽉 채워지며 ASMR 영상
답게 먹는 소리에 집중되도록 세팅됐다. 이 채널은 주로
사탕이나 초콜릿, 젤리, 케이크, 꿀 같은 단 음식을 먹는
다.
화려하고 반짝거리는 설탕 코팅된 단 음식들이 끊임없이
사각사각 소리를 내며 입으로 빨려 들어가는 것을 오랫
동안 멍하니 쳐다봤다.

영상을 보고 있자니 단 음식을 별로 좋아하지 않은 나
도 저 사탕과 초콜릿, 젤리를 먹고 싶어졌다.
다음 날 외출하고 돌아오는 길에 외국 과자 할인점에 갔
다. 유튜버들의 영향인지 영상에서 먹은 음식들이 모두
앞줄에 진열돼 있다.

지구 모양의 젤리 위에는 내가 본 유튜버 채널명이 적혀 있었다. 광고 건너뛰기로 하면서 유튜브를 시청했지만 내가 본 것도 광고였나 하는 생각이 잠시 들었다.

뭐 아무튼 그것들을 잔뜩 사서 왔다. 우선 푸른색 소다 맛 같은 네모난 사탕을 영상에서 본 것처럼 와삭 깨물어 봤다.

예상했던 맛이긴 한데 예상보다 맛이 없다. 소리도 '와삭'보다는 '퍼석'에 가까웠다. 이것저것 먹어봤다. 어떤 것은 맛있기는 했지만, 한입 먹었을 때만 그 느낌이고 금세 질렸다. 괜히 이렇게 많이 사 왔나 싶었다. 그냥 영상이나 보고 말걸 했다. 실제 먹는 것보다 보는 것이 만족도가 훨씬 컸다.

먹방은 배부르지도 않고 질리지도 않는다. 나의 뇌가 상상한 그 맛을 질리지 않도록 계속 눈과 귀로 먹는다.

'아는 맛'을 질리지 않게 먹는 방법은 먹방이다. 자극을 유지하면서 첫입부터 끝까지 맛이 변하지 않는 '판타지'를 충족해 준다. 그리고 "괜히 먹었다."라는 후회의 감정도 느끼지 않게 해준다.

미디어마다 열심히 나르는 단어 중 '메타버스'와 '가상현실'이 있다.

현실보다 자극적이고 편안한 경험을 맛보면 세상이 어떻게 변할까 궁금하다. 가미된 '팩트'와 '리얼'을 추구하다 진짜가 뭐였는지 헷갈리지 않을까 하는 생각도 든다.

유튜브로 치킨 먹방을 시청하던 대학생 아들을 보고 아버지가 안쓰러워하며 치킨 한 마리를 시켜줬다는 자신의 이야기를 인터넷 커뮤니티에 올렸다. 댓글에, "다음에는 랍스터 먹는 영상을 봐라." 등 대부분 장난스러운 글들이 많았다.

'배고픔'의 키워드가 '다이어트'인 것이 요즘이지만, 먹을 것이 풍족하지 않던 아버지 세대의 젊은 날의 배고픔은 일상이었다.
예전에 '남 먹는 것을 쳐다보는 것'은 추잡해 보인다며 하지 말라던 것도, 쉽게 사 먹을 수 없는 처지였기 때문이다.
먹방을 보던 아들의 심정이 부러움일 것으로 생각하며, 그리고 쉽게 사줄 수 없던 아버지의 아버지 세대가 해줄 수 없어 마음 아파하던 표정을 기억하며 시켜준 치킨일 것 같다.
그리고 지금도 세상의 불공평을 뉴스가 아니라 먹방에서 절실하게 느끼며 위축되는 사람들은 수없이 많다.

먹방을 누릴 수 있는 조건들을 봤을 때, 먹을 수 있는 사람은 먹방이라는 즐길 요소가 하나 더 늘었고, 먹을 수 없는 사람도 먹방이라는 즐길 수 없는 요소가 하나 더 늘었다.

뛰어난 기술이 펼쳐질 미래에 소외된 사람들을 끌어들이기보다, 편안하게 즐길 수 있는 사람들을 대상으로 그 장이 다양해질 것 같은 우려가 든다.

세상을 즐길 수 있는 경험의 차이가 더 벌어지는 것이 아닐까 하는 생각이 스쳤다.

왔다 갔다 하는 것이 아니라 한쪽으로 기울면 시소 놀이를 즐길 수 없는 것처럼, 세상도 쏠린 즐거움은 한계가 있다.

역사적으로 보면 부족함이 아니라 넘쳐나는 시대에 소용돌이가 휘몰아쳤다. 쏠림으로 차이가 벌어지면서 불만이 폭발했던 것이다. 움직이지 않고 기울어진 세상의 바닥에는 응고된 불편함이 쌓이기 쉽다. 그리고 뭐든 쌓이다 보면 결국은 터지게 된다.

축적된 기술이 만개할 시대에 들뜬 나머지 좁은 시야로 '함께'란 것에 소홀하다면, 미래는 예상하지 못한 곳에서 좌초될 수 있다.

정치적으로 혹은 경제적으로 사회가 크게 변할 때 눈덩이처럼 커진 불공평이 어떤 희생을 일으켰는지 되짚어 볼 때인 것 같다.

유행은 동시대 사람들의 '바람'이다. 내가 그런 것처럼 남도 가지고 싶고 먹고 싶다. 하지만 어떤 이들은 그 욕구를 참아야만 한다.

풍요가 지루해져 자극을 추구하는 시대다. 시장은 기술로 자극이 유지되는 방법을 모색한다. 자극을 유발하는 호르몬인 도파민이 일상 단어처럼 되는 것도 마케팅의 자연스러운 결과이다. 한때 엔돌핀이 많이 사용되던 것처럼 말이다.

지속되면 지루해지는 인간의 감각을 기술로써 지속으로 이끌고, 지출할 수 있는 소비자에 집중하며 소비를 올리는 시장의 흐름에서 우리는 정신을 잃지 않고 주변을 살펴야 한다.

미래로 나아가는 그 길의 첫 번째 키워드는 '함께'여야 한다.

5.
견
종

" **잠**시만요. 지나갈게요. "

　좁은 개천가 산책로에서 개들이 남긴 냄새를 코를 박고 분석하고 있는 똑딱이와 내 등 뒤로 소리가 들려 뒤를 돌아보니, 커다란 골든리트리버와 견주가 빠른 걸음으로 우리를 지나간다.

똑딱이가 성급히 지나치는 그들을 보고 몰래 새치기라도 한 듯 왕왕거리면서 성질을 낸다.

큰 덩치를 보고 경계하는 똑딱이를 고려해 주듯 리트리버 견주가 속도를 높여 빠른 걸음으로 가길레 나는 괜찮다는 듯 뭔가 말해야 할 것 같아 똑딱이에게 말했다.

" 똑딱아. 친구가 너보다 커서 화났어? "

　상대방 견주가 뒤돌아 웃으며 자기 개의 얼굴만 한 똑딱이가 귀엽다는 듯이 나의 말에 맞장구를 쳐준다.

" 친구가 너무 크지~ "

여전히 짖고 있는 똑딱이 때문에 나는 리트리버에게 하듯 한마디 더 했다.

“ 넌 조용한데 얘는 시끄럽지? ”

그러자 상대방 견주가 똑딱이의 태도가 자연스럽다는 듯이 온화하게 말했다.

“ 말티즈는 원래 그래요. ”

나는 이 말이 이해해 주는 말처럼 들려 편하게 느껴졌다.

그러고 보면 나도 우리 동네에서 가장 시끄러운 치와와나 동네 깡패 개인 불독을 불평하기보다 이해한다. 그들이 원래 그렇기 때문이다.

‘원래’의 의미는 ‘근본’이 그렇다는 것이다. 그래서 이해하게 된다. 또한 ‘원래’는 미리 예방하거나 앞으로의 행동 방식의 방향을 정하는 데 도움을 준다.

“ 원래 포메라니안이 슬개골이 약해. ”
“ 원래 비글이 활동량이 커. ”

산책이 힘들었는지 목욕 후 완전히 뻗은 똑딱이와 달리 무료했던 나는 텔레비전을 켰다. 마침 요즘 인기가 많다는 드라마의 재방송이 방영 중이다.

어릴 적부터 친구였던 두 여자가 싸움이 났다. 치고받고가 아닌 말로 공격을 해야 하니 서로 어떤 말을 하면 상대방에게 타격이 갈까 고심하며 불꽃 튀는 대화 중이다. 서로 맞받아치며 팽팽하던 경기가 한쪽에서 이렇게 말하니 상대가 주춤한다.

" 너 원래 그러잖아. "
" 넌 근본이 그래. "

'원래' 그렇다는데 맞받아칠 말이 없다. 초등학생들의 유치한 놀이처럼 '반사' 식으로, '너도 원래 그래' 이 말을 할 수도 없고, '그래, 나 원래 그래' 이건 패배 인정이다. 그러니 저럴 땐 어떤 말을 해야 하나 하며 나 혼자 진지해져서 고심해 봤다.

생각해 보니 없다.

이 말을 들은 사람은 할 말도 없고 게다가 해야 할 노력도 없다. 마음에 들지 않는 이유가 근본이 그렇다는데 할 말이 없는 것은, 개선의 여지가 남아 있지 않기 때문이다.

그리고 '원래 그렇다고 말하는 것'은 노력의 주체 즉, '이 해해야 하는 사람'은 바로 화자 자신이라고 인정하는 것 이다.

그래서 관계에서의 노력이 부족해서 결과가 좋지 못한 이유도 사실은 자신임을 드러내는 것과 같다.

게다가 '원래' 그랬다는 것은 이미 알았다는 것인데 그게 왜 지금에 와서 문제가 된 것인지 밝혀야 할 사람도 '원 래 그런 사람'은 아니다.

하지만 이런 해석은 사전적인 해석이다. 이 말에 할 말 이 없는 것은 관계를 개선할 노력의 여지가 없음을 드러 내기 때문이다.

'넌 원래 그래'라고 말하는 의도는, '너는 딱 그 정도야. 발전 가능성이 없어'라며 잘못된 인간관계의 탓을 자신은 제외한 채 상대방에게 모두 돌리고 있다. 그래서 매우 이 기적인 말이다.

이 말을 들은 상대방이 굳이 대꾸한다면, '내가 뭘' 정 도가 될 것이다. 잘못된 관계를 풀어내는 상황에서 잘못 의 초점이 한 사람에게 갈 수 있다. 이런 경우는 관계가 좋아지지 않고 악화할 수밖에 없다.

이처럼 '원래'는 강력한 말이다. 그래서 인간관계에서 잘 못 사용하면 잘못이다.

드라마가 내 취향이 아니어서 채널을 이리저리 돌리다 보니 생소한 드라마가 하고 있다. 새로 시작하는 드라마 같다. 교복 입은 학생들이 나오는데 청소년 드라마가 아니므로 저 아이들이 나중에 성인이 되어 본격적인 줄거리가 펼쳐질 것 같다.

분위기가 지방 소도시의 작은 학교다. 교복은 입었지만, 앳된 모습이 중학생 설정인 것 같다. 한 아이가 도시에서 전학 왔다. 이문열의 소설 '우리들의 일그러진 영웅'이 연상되는 장면이다. 며칠이 지나 하루는 점심시간에 껄렁해 보이는 아이가 전학생에게 다가와 말을 건다.

" 야. 너 매점 가서 빵 좀 사 와. "
" 왜? "
" 원래 돌아가면서 사 오는데 오늘은 네 차례야. "
" 원래 그런 게 어디 있어? "

한참 보는데 여기에도 '원래'가 나왔다. 신경 써서 들으니, 드라마에서 종종 사용하고 있었나 보다. 이성적이지 않은 잘못된 인간관계의 안하무인격 상황이나 성격을 표현할 때 짧으면서 효과적이다.

이는 힘이나 위치를 이용해서 개인이나 혹은 소수가 자신들의 편의를 위해 사용하는 '원래'이다. 정당성을 부여하기 위해 작위적으로 만든 '원래'는 권력 남용이다.

구체적 토론을 초반부터 방지하기 위해 공정하지 못한 작위적 방식에 '원래'의 사전적 의미를 새겨 구성원들이 깨닫지 못하는 사이 당연하다는 분위기로 몰아간다. 지속되어 익숙해지면 타당하지 않더라도 쉽게 돌이켜지지 않는다.

그래서 이성적이지 않은 이유임에도, 불편하거나 눈치 보지 않으면서 상대를 쉽게 매도할 수 있다.

'원래'를 남용하는 상황이 있다면 물들기 전에 구성원들이 이를 바로 잡아야 한다.

"원래 그런 게 어디 있어?" 이런 반응보다, "원래 그런 건 없어!"로 '원래'의 의미를 부여해서 맞받아쳐야 한다.

똑딱이와 산책하나 커피가 낭겨 **통**네 카페에서 커피를 마시고 있었다. 평일 무수골은 사람이 거의 없는데 목요일인 오늘, 나와 똑딱이, 그리고 알바생 셋이다.

따뜻한 아메리카노를 마시는 중에 문이 빼꼼 열렸다. 그러고는 알바생이 아닌 나에게 묻는다.

"수컷이에요? "
" 네. "
" 아이고. 어쩌지. "
" 왜요? "
" 우리 집 개도 수컷인데 짖을까 봐. "
" 암컷한테는 괜찮은데 수컷들끼리 예민해지더라고요. "

산책하다 보면 똑딱이도 암컷보다 수컷 개들에게 예민했다. 수컷 개들끼리 더 경쟁심이 생기는 듯했다.
몸의 에너지나 성향이나 자연의 섭리 같다. 그러고 보면 성별의 차이는 그 어떤 항목보다 뚜렷하다.

얼마 전 친구가 강의하는 여대에 갔던 것이 떠올랐다. 수업 첫 주라 짧게 오리엔테이션을 할 계획이라며 같이 점심 먹기로 했다. 우리 집에서 멀지 않은 곳이라 내가 학교로 가겠다고 했다.

이 캠퍼스는 처음이었다. 새 학기 청초한 여학생들의 웃음과 신선함이 연둣빛 봄날을 기분 좋은 화사함으로 반짝거리게 코팅했다. 마침 친구가 나왔다.

" 여대라 그런가? 현수막이 왜 이렇게 다 낮게 걸려 있어? "
" 야. 그런 말 하면 남녀 차별이야. "
" 뭐 별말도 아닌데 이게 왜 차별이야? "
" 높게 달지 못해서 낮게 달았다는 거잖아. 자칫 차별적 발언일 수 있어. "

뭔가 차이를 말하는 것에 민감해졌다. 도시와 지방의 차이, 남녀의 차이, 지역 간의 차이 등 의도가 비하가 아니어도 단지 차이만 언급해도 예민한 주제가 된다.

사실 차별은 차이에서 오는 것은 맞다. 차이가 전혀 없다면 차별할 거리조차 없다. 그래서 1960년대 페미니즘 운동이 활발하게 일어날 때, 페미니스트들이 남성처럼 머리를 짧게 자르고 화장하지 않은 채 남자 양복을 입고 다녔다. 당시 여성 속옷인 브래지어를 벗어 태우자는 '브라 버닝' 운동도 대학가를 중심으로 활발하게 일어났었다.
브래지어를 벗고 머리를 짧게 자르고 남성처럼 입는 것이 무슨 소용이냐고, 너무 단순한 방법 아니냐고 할 수 있다.

하지만 오랜 시간 지속한 차별은 쉽게 사라지지 않고 방법조차 파악하기 어렵다. 그래서 파악과 변화가 쉬운 차이를 없애보자는 시도이다. 오래전 정치권이 대부분 남성으로 이루어져 있던 시절에 여성 정치인들이 화장을 지우고 남성처럼 옷을 입는 경우가 있었는데, 이는 가시적인 차이를 줄여 평등하게 능력을 보이려는 의도였다. 이렇듯 정당하지 못한 차별을 줄이기 위한 시도로 차이를 줄이는 노력은 오래전부터 시행됐다.

하지만 차별을 반대하는 사람들이 차이를 무시하는 것이 절대 아니다. 차이의 간극을 좁혔던 것은 차별을 드러내려는 방법으로 사용한 것이다.

근본적인 차이는 존재한다. 즉 줄일 수 없는 차이가 있는데 이는 세상을 다채롭게 하고 더 넓은 시각을 위한 신의 배려이다. 항상 그렇듯 신의 배려는 잘 활용하면 축복이고 악용하면 재앙이다.

힘이 강하고 약하고는 차이다. 힘이 강한 자와 약한 자를 동시에 링 위에 올리고, "자! 싸워 봐."라고 하는 것은 공정하지 못하다. 또는 열 개가 있었는데 여섯 개를 선점한 상황에서 남은 네 개를 두 개씩 똑같이 나누자고 하는 것도 불공평하다.

모든 차이를 무마시키는 것은 차이를 고려하지 않아 결과적으로 차별이 발생할 수 있다. 여성이든 남성이든 혹은 장애가 있든, 없던 같은 기준으로 보는 것은 불합리하다. 그래서 차이를 인정하는 평등에 대한 개념이 정립되지 않은 평등은 자칫 갈등으로 번질 수 있다.

권리를 주장하는 집단과 그 여집합의 집단이 정반합의 원리로 정당성과 평등성에 대한 접합점을 찾아가는 것이 필요하다.

평등의 기본은 동일이 아닌 다수의 만족이며 소수를 위한 배려이다.

" 남자가 이러해야지. "
" 여자가 저러해야지. "

막연히 의무를 부여하기 위한 고정관념이라면 자신뿐 아니라 아버지, 어머니, 누나, 형, 언니, 오빠, 여동생, 남동생, 그리고 딸, 아들, 혹은 손자들을 위해 희석해 없애는 편이 낫다.
인류 절반의 불만족은 결과적으로 전체의 불만족과 같기 때문이다.

" 날씨 좋다! "

집에 있기에 아까울 정도로 날씨가 좋아 자고 있던 똑
딱이를 고구마 냄새로 꾀어 데리고 나왔다. 무수골 안쪽
의 논이 있는 곳은 항상 사람이 없다. 똑딱이가 맘껏 뛰
어놀 수 있게 오늘은 그쪽으로 갔다.

실컷 놀고 나서 우리는 개울가에 내려와 앉았다. 똑딱이
는 내 옆에 엉덩이를 딱 붙이고 앉아 집에서 가져온 간
식을 오도독거리면서 먹는다. 나는 이 소리가 좋다.

세상을 잘 누리고 있는 것 같아 기분이 저 위에 구름
옆에까지 간 것 같다.
한참 쉬고 이제 집으로 가볼까 하고 일어나려고 하는데
저쪽에서 개를 데리고 오는 사람이 있다. 개울가에 내려
와 있어 개들끼리 마주칠 수 없으니 마음이 편했다.
유심히 보니 털이 독특하다. 곱슬거리는 갈색 부분과 뻣
뻣한 검은색 부분이 공유한다. 국내에 별로 없는 유럽의
희귀한 종 같다. 견종이 너무 궁금해서 물어봤다.

" 그 개는 종이 뭐예요? "

그러자 견주가 친절하게 답해줬다.

" 믹스견이요. "

지금은 이 단어가 익숙하지만 예전에는 '믹스견'이란 말
은 없고 '잡종'이라고 불렀다.
과거에 잡종은 순종에 비해 품종이 떨어지는 느낌이었
다. 그래서 만약 당시 믹스견이란 단어를 사용했다면 잡
종이란 단어가 주는 열등함을 감추거나 희석하기 위한
미숙한 대처나, 혹은 장난처럼 들렸을 것이다.

오래전 다른 국적 사이에서 태어난 '혼혈아'를 '튀기'라
고 불렀다. 서로 다른 종의 동물 사이에서 태어난 종자를
의미하는 이 단어를 사람에게 확대 사용한 것인데, 이를
주로 사용했던 시기가 한국전쟁 이후 혼혈아를 지칭하면
서 비하의 느낌이 생겨 근래에는 사용하지 않는다.

'섞였다'라는 것은 역사적으로 국내외를 막론하고 열등
함을 나타냈다. 반면 '순수'는 단순한 특징이 아닌 우월
하며 고귀함을 표현했다. 그래서 혈통이나 재료, 방법에
있어 섞임이 없는 순수를 무조건 우위에 놓는 분위기였
다.

하지만 현대에 와서 그 분위기는 크게 바뀌었다. 다양성을 추구했던 90년대는 '퓨전'이란 의미로 '섞임'이 활발했다. 다양함을 만드는 가장 효과적인 방법은 혼합이기 때문이다. 인도풍의 음악과 실내장식을 갖춘 식당에서 한식이 나온다거나, 현대적인 옷과 고전적인 동양풍 액세서리를 매치하기도 했다. 이 시기는 다름을 이용해서 에너지를 만들었다.

2000년대 이후에는 '섞임'을 통한 진화가 이루어졌다. '컬래버레이션'을 통해 만들어진 차이의 접합으로 각각의 섞인 요소들을 앞서는 우위를 만들어낸다. 마케팅이나 첨단 기술에서 '하이브리드'는 섞임을 통해 합체로 탄생한 강자이다.

섞는다는 것은 고귀하게 순종을 걸러내고 남은 것들을 한대 뒤엉키는 것이 아닌, 기존에 존재하지 않던 새로움과 장점을 만들어내는 효과적인 기술로서 이미지가 바뀌었다.

국가 위상이 높아진 것도 있지만 해외에서의 비빔밥의 인기는 이러한 인식변화도 한몫했다.

유튜브 영상을 보는데 이런 댓글이 있다.

[강아지 중에 시고르자브종이 제일 귀여워.]

그리고 그 아래로 동의가 한가득하다. '시고르자브종'이
라, 익숙한 듯하면서 모르겠다 싶어 이미지를 검색해 보
니 우리가 흔히 시골 개라고 하면 떠오르는, 순박한 얼굴
에 황갈색이나 흰색 털의 크기가 중형견 이상인 그 개다.
 시고르자브종은 '시골 잡종'을 있어 보이게 부르는 신조
어라고 한다.
그렇다고 비하는 아니다 오히려 그 반대다. 인터넷에는
다양한 견종의 영상이 있는데 언젠가부터 시골 개에 대
한 사람들의 애정과 관심이 아주 커졌다.

꾸밈없는 순진한 매력이 있고, 게다가 이들은 억지 교배
가 아닌 오랜 기간 자연스럽게 만들어져 유전병이 없고
건강하다.
공기 좋은 자연에서 맘껏 뛰놀다 밥때가 되면 마당에 있
는 넓은 밥통에 얼굴을 파묻고 먹는다.

 역설적인 듯한데 개인적으로 견종 중에 '순수'라고 했을
때 제일 먼저 떠오르는 견종은 이 잡종이다.

오랜만에 외부로의 나들이다.

 고양시에 사는 지인이 그곳에 영화 의상 관련 수업을
위한 장소를 만들었다고 해서 만나러 왔다. 아직은 허전
했지만 멋지게 바뀔 공간을 기대하며 나왔다. 그리고 지
인은 늦은 점심을 먹을 겸 가까운 곳에 있는 대형 쇼핑
센터로 가자고 했다.

 이곳은 처음이다. 평일인데 사람이 꽤 북적인다. 사람만
북적이는 것이 아니라 개들도 한몫한다. 이곳은 개를 동
반할 수 있다.
 한적한 곳에 살다 오랜만에 사람이 붐비는 곳에 오니
정신이 하나도 없다. 그 와중에 똑딱이도 한번 데려오고
싶다는 생각이 들었다. 사람 좋아하는 똑딱이가 실컷 사
람 구경할 수 있겠다고 생각했다.
북적북적하는 분위기에, 덮인 지붕 밑으로 다양한 소리가
꽉 차면서 소리도 뭉개져 '북적북적'으로 들린다. 그 와
중에 이름을 부르는 소리가 또렷하게 들린다.

" 까-미 "
" 뭉치! "
" 라파엘~ "

각자의 반려견 이름이다. 나처럼 정신없는 반려견들을 정신 차리라고 견주들이 힘주어 부르고 있다.

 그때 귀에 꽂히는 이름이 있다. 정확하게 들리지는 않지만 불어 발음 같다. 얼굴이 길쭉하며 다리는 더 길쭉한 날렵한 모습이다. 하운드 종 같다. 한눈에 봐도 관리가 잘 된 개다. 털이 윤기가 나서 조명 아래로 짙은 금색의 느낌도 난다. 목에는 내 목걸이보다 훨씬 비싸 보이는 굵은 금목걸이를 찼다. 견주가 다시 부른다.

" 누롱! "

 무슨 뜻인지 궁금했다. 외국어에 '누-'로 시작하는 단어가 많다 보니 반려견 이름에도 종종 봤다.
장충단 공원에서 산책할 때 자주 보던 개 중, '누베'가 있었는데 눈처럼 하얀색의 개였다. 스페인어로 '누베'는 '구름'을 뜻한다고 했다.
 성수동에서 갤러리와 작업실을 가지고 있는 지인의 개는 '누보'였다. 같이 태어난 다른 개의 이름은 '데코'였고 그 두 마리의 어미 개 이름은 '아르'였다.

견주가 이쪽으로 가자는데 자꾸 저쪽으로 가는 반려견을 향해 이번에는 크고 강하게 말한다.

" 누렁이 안돼! "

골드 빛깔 하운드독의 이름은 '누렁이'였다. 세련된 개의 외모와 어울리지 않는 소박한 느낌이다. "이름을 왜 저렇게 투박하게 지었지?"하는 생각이 들었다. 뭐 '똑딱이' 엄마가 할 말은 아니지만.

그러다 누가 훔쳐 가지는 않겠다는 생각이 들었다. 한눈에 봐도 책에서 봤던 고가의 종인 것 같은데 문밖으로, '누렁아~'하는 소리를 들으면 뭔가 훔쳐 갈 생각을 하지 않을 것 같다.

그리고 보니 예전에는 오래 살라고 부잣집 귀한 아들에게 투박한 이름을 짓기도 했었다.

남아선호사상이 팽배하던 당시 고대하던 아들이 태어나면 기쁘면서도 이 소중한 아이를 누가 데려갈까 노심초사했다. '누가'에는 병을 옮기는 악귀도 포함한다.

백신이 개발되기 전 세균의 존재에 대해 알지 못했던 시절, 태어나서 얼마 되지 않은 어린아이들이 많이 죽었다. 면역력이 약해 전염병인 역병에 걸리면 제대로 손 쓸 방도가 없었기 때문이다. 병의 원인을 알지 못하니 눈에 보이지 않는 악귀의 소행이라고 생각했다. 그래서 '병마(病魔)'라고 칭했다.

귀할수록 가지고 가고 싶을 것으로 생각해서, 귀한 자식은 병마의 악귀가 붙지 못하도록 잠시 동안 낡은 옷을 입히고 이름을 투박하게 지어서 부르기도 했었다.

이러한 시도는 그 이후에도 꽤 오랫동안 아들이 귀한 집에서 행해졌다.

내 주변에도 한 명 있다. 종손인 내 남동생이 그 예이다. 딸 넷에 막내인 내 남동생은 어릴 적 할아버지 의도에 따라 집에서는 '망태'로 불렸다. 지금도 내 핸드폰에 막냇동생 저장 이름은 '임망태'다.

갑자기 병원에서의 일이 생각났다.

나는 몇 년 동안 아팠다. 수술하고 입원하고를 반복하니 나중에는 지겹고 이놈의 병은 왜 안 떨어지고 나한테 이리 딱 들러붙어 있나 화가 났다.

오랫동안 입원해 있으니 병원 사람들이 익숙해졌다. '수술, 입원, 잠시 퇴원'을 돌리다 보니 입원실이 있는 7층, 8층, 9층의 간호사와 간호조무사들은 모두 나를 알았다. 간호조무사가 밀어주는 휠체어를 타고 엘리베이터에 들어가면 여기저기서 나에게 인사를 했다.

하루는 아침 일찍 수간호사가 입원실마다 돌아다니면서 환자들에게 안부를 묻고 있었다. 평소 식사하고 아침 회진 후에 왔는데 오늘은 일찍 왔다. 우리 병실에도 들어왔는데 나는 마침 병실 안의 화장실에 있었다. 나를 찾는 느낌인데 내가 없으니, "안 계시네."하고 나갔다.

화장실에서 나오니 식판이 놓여있다. 밖에서는 수간호사가 돌아다니며 환자들에게 인사하는 소리가 들린다.

" 얼굴이 좋아지셨네요. 아. 그리고 드러운 음식 드셔야 빨리 나아요. "

" 좀 어떠세요? 어. 그리고 드러운 음식 드셔야 빨리 나아요."

수간호사는 병실마다 돌아다니면서 식사하고 있는 환자들에게, "드러운 음식 드셔야 빨리 나아요."라고 말했다.

나는 생각했다.

" 그래. 옛날부터 악귀도 더러우면 나간다고 했어. 병도 악귀 같은 거지. "

병원에 오래 근무하고 있는 수간호사가 말하는 것을 보면 '병원의 비법'같기도 했다. 뭔가 알고 있어서, 근래 경험한 것이 있어서 저렇게 확신에 차서 말하는 것 같다.

아니면 아무것도 할 수 없는 환자들에게 심적으로 도움이 될 수 있어 저런가 싶기도 했다. 플라시보 효과처럼.

그래도 뭔가 해보고 싶었다. 꿈에서 누군가 숫자, '2, 37, 40…' 을 불러줬는데, 로또 발표 나는 날에 평소 사지도 않던 로또를 살까 말까, 하며 몸이 근질근질한 것처럼 근질거렸다. 2층 산책하는 곳으로 가서 흙을 좀 가져와 밥 위에 뿌려볼까 생각했다. 하지만 그러기엔 귀찮고, '절대안정' 딱지가 붙어있는 내가 없어진 것을 알면 또 방송에서 내 이름을 연신 부를 것 같았다. 밥이나 먹자하며 국과 밥, 반찬 뚜껑들을 열어 한 군데 포개어 놓고 숟가락과 젓가락을 꺼냈다.

나는 식판을 물끄러미 쳐다봤다.

그러다 식판에 얼굴을 들이밀고 입으로, '퉤퉤' 거리면서 침을 뱉는 시늉을 했다. 그리고 작은 목소리로 말했다.

" 이 병마야. 제발 나한테서 떨어져라. 훠이~훠이~ "

 밥을 한 숟가락 뜨려고 하는데 수간호사가 들어왔다. 지나가다 아까 인사하지 못해서 들어온 것 같다.

" 몸은 좀 어떠세요? "
" 지겨워 죽겠어요. "
" 그러니깐 빨리 쾌차하셔야 해요. "
" 네. "
" 부드~러운 음식 드셔야 빨리 나아요. "
 수간호사는 식사하는 환자들에게 하던 말을 나에게도 한 후 병실을 나갔다. 흙 안 뿌린 게 다행이라고 생각했다.

" 아까 그 개다! "

옆에 있던 지인이 내 팔을 짧게 툭 치면서 하는 말에
그쪽을 봤다. 좀 전에 본 누렁이다.

지인은 누렁이라는 이름이 '힙'하기 위해 지은 이름 같
다고 했다. 천만 원가량 하는 비싼 개에게 키우다 잡아먹
던 시절에 대충 붙이던 이름을 가져다 붙인 것은, 목욕탕
갈 때 때밀이 수건과 비누, 샴푸를 크기가 적당해서 샤넬
가방에 넣고 가는 것과 비슷한 의도일 수 있다고 했다.
그러면서 상대적 약자를 응원하는 '언더독' 현상이 근래
에는 '정의감'보다는 '힙함'으로 어린 연령대까지 넓게 퍼
진 것 같다고도 했다.

내가 너무 빤히 쳐다봤던 것 같아 거리가 가까워졌을
때 넌지시 물어봤다.

" 이름이 누렁이예요? "
" 아, 네. "

누렁이처럼 안 생겼다는 지인의 농담기 있는 말에, 그
견주는 우리 개는 딱 누렁이인데 하는 표정으로 이름에
관해 말해줬다.

처음에 데리고 온 개가 하얀색 개였는데 만화 '짱구는
못 말려'에 나오는 개와 닮아 이름도 그 개를 따라 '흰둥

이'라고 지었고, 이 개가 두 번째 입양한 개인데 같은 맥락으로 이름을 짓다 보니 '누렁이'로 지었다고 했다. 오래 살라고도 아니고 힙하기 위해서도 아니었다.
지나갈 때 뭔가 덕담을 던지고 싶던 나는 이렇게 말했다.

" 누렁이, 오래 사는 힙한 이름 같아요. "

앞뒤 안 맞는 말을 하고 그들을 지나쳐 왔다.

나름 '쿨' 하다고 생각했는데 쿨하지 않은 고정관념이 있었나 보다. 격을 찾고 있었던 것 아닌가 해서 뜨금 했다.
세련된 외모에 소박함은 어울리지 않는다고 느꼈던 것이 "나 때는 말이야."하는 구식의 잔재가 털어서 풀썩 나온 것 같았다.

'촌스럽다'라는 것은 오래됐다기 아닌, '뒤처진다'를 의미한다.

그러고 보면 누렁이라는 이름은 과거 그 이름을 흔하게 사용한 시대에 촌스러웠던 이름이다. 동물보호에 관해 관심이 커지는 시점에, 개의 이름이라며 '가볍게'의 의도가 아닌, '대충'짓고, 대충 대하기 위해 붙인 과거에 촌스러웠다.

진정성을 추구하고 명확성을 선호하며 레트로에 대한 동경이 있는 젊은 세대들에게 괜찮은 이름일 수 있다.

누렁이를 촌스럽게 생각한 생각이 촌스러웠던 것 같다.

이름도 유행이 있다. 내가 어렸을 적에 개의 이름은 '해피'가 많았다. 부르기 가볍고 좋은 뜻이라 기분과 기운이 올라가는 느낌이기 때문이다.

지인의 아들이 20대 초반의 '준수', '준우' 형제인데 어렸을 때 남자아이들이 모여 노는 곳에서 두 아들을 부르면 자신인 줄 알고 돌아보는 아이가 많았다고 했다.
특히 준서는 비슷한 이름인 '서준'이까지 많아 친구들이 준서와 서준이를 헷갈려 불러서 집에 와서 부모에게 불평했다고 한다.

유행을 넘는 이름도 있다. 내 또래에는 '지연'이와 '소영'이가 많았는데, 친구 아이 이름에서도 자주 본다.
특히 '-영'은 여자 이름의 스테디셀러이다. 'ㅋ'을 제외한 어떤 자음을 붙여도 친숙한 이름이 된다.

[가영, 나영, 다영, 라영, 미영, 보영, 수영, 아영, 지영, 채영, 태영, 표영, 하영]

받침까지 하면 끝도 없다.

2000년 3월에 거리마다 '선영아 사랑해'라는 문구의 벽보가 있었다. 사람들의 궁금증을 자아내던 이것의 정체는 바로 포털사이트의 런칭 광고였다.

사람들의 관심을 끌었던 것은, "어! 내 이름인데." "내 친구 이름인데." 하는 반응을 이끌었기 때문이다.

나의 엄마 이름에도 글자 '영'이 들어간다. 오래전부터 스테디셀러였나 보다.

미국의 한 연구에서는 흔한 이름을 가진 아이들이 성장했을 때 리더쉽이 높을 확률이 크다는 결과가 있었다. 어렸을 때부터 주변 사람들에게 쉽게 불리면서 얻어지는 효과라고 연구는 원인에 대해 언급했다.

6.

미용

오래전 TV 외화 시리즈 중 '내 친구 바야바'가 있다.

정글북과 헐크를 섞은 듯한 줄거리다. 소년이 위험에 처하면 온몸에 털이 난 괴수 바야바가 자신의 이름을 외치며 달려온다.

요즘 똑딱이의 모습은 '바야바' 그 자체다.

밥그릇에 촤르르 사료 붓는 소리가 들리니 어디선가 나타나 털을 휘날리며 미니미 바야바가 뛰어온다.
몇 달째 털을 깎지 않았더니 털이 쪄서 털뚱땡이가 됐다. 눈도 털에 파묻혔다. 다리털은 엉켜서 빗질하니 아프다고 도망가서 포기했다.

오늘은 날씨도 많이 풀려 똑딱이 털을 다듬어야겠다 마음먹고 애견미용 하는 곳에 갔다. 이곳은 동물병원 안에 있다.

" 아직은 바람이 차니 몸에 털은 너무 짧지 않게 해주시고요.
얼굴이랑 귀털은 짧게 하고 머리는 동그랗게 해주세요. "
" 베이비컷으로 해드려요? "
" 그게 뭔데요? "
" 말씀하신 것이 베이비 컷인데. "

135

" 네. 베이비컷으로 해주세요. "

 두어 시간 뒤 미용 다 하면 전화해 준다고 해서 똑딱이
를 맡기고 집으로 향했다.

가는 길에 자문해 봤다.

" 똑딱이 미용하는 이유가 뭘까? "

 마룻바닥에서 미끄러지지 않고 털이 엉키지 않도록 털
을 깎는다. 방석에 발톱이 끼지 않도록 발톱도 깎는다.
음식을 먹을 때 묻지 않도록 입 주변의 털을 깎고 엉덩
이 주변도 위생을 위해 짧게 깎는다. 그리고 더운 여름에
는 덥지 않도록 털을 깎는다. 우선 똑딱이가 생활에 불편
하지 않기 위해 미용한다.
하지만 미용할 때 나는 꼭 내 스타일로 예쁘게 깎아달라
고 부탁한다. 단순히 털을 자르는 것이 아니라 똑딱이의
귀여운 모습이 강조될 수 있는 모습으로 미용해 달라고
부탁한다. 그리고 미용 후 똑딱이의 귀여운 모습에 만족
한다.

 사실 사람들이 좋아하는 똑딱이 모습은 바야바다. 털이
잔뜩 쪄서 두루뭉술해진 몸에, 털이 눈을 가려 불편할까
더듬이처럼 머리 위 양쪽에 작은 고무줄로 대충 묶어 망

136

나니 같은 모습으로 밖에 나가면 미용했을 때는 그냥 지나치던 사람들이 귀엽다고 사진을 찍어간다.

하지만 나는 정갈한 모습이 특히 귀엽다. 나의 취향에 적합한 모습으로 부탁해서 그렇게 미용 된 똑딱이는 시큰둥 해 보이지만 나는 요리조리 훑어보고 사랑스러워 신이 났다. 미니미 바야바도 귀엽지만 깔끔하게 미용 된 모습이 너무 귀엽다.

이런 내 태도를 돌아보니 미용하는 이유에 이런 것도 포함된 것일까 싶다.

똑딱이를 돌보는 나의 취향에 걸맞게 외모가 가꾸어져 나의 애정도를 높임으로써 똑딱이를 더 사랑하게끔 만드는 나의 노력인가 싶다. 즉 사랑해서 가꾸는 것과 함께 사랑하기 위해 가꾸는.

외출했다 돌아오면 몇 시간 만에 봤는데도 항상 다다다다 뛰어와서 현관문까지 나와 반긴다. 그러면 힘든 일이 있어도 꼬리가 빠져라 변함없이 반겨주는 모습에 저절로 웃음이 지어진다. 고구마를 주면 지상 최고의 보물을 준 것처럼 내 손바닥에 머리를 비비며 고맙다고 표현하는 사랑스럽고 귀여운 똑딱이를 더 사랑해 주고 싶다. 그래서 쉽게 손댈 수 있는 외모를 나의 취향으로 만들어 더욱 사랑할 수 있도록 하는 것인가 하는 생각이 들었다.

미용은 똑딱이의 경쟁력을 올려주는데 그 경쟁력은 돌보는 사람인 나에게 적용되는 것이다.

거울을 보고 자신의 취향에 맞춰 가꾸는 것도 자신을 더욱 사랑하도록 만드는 노력이 아닌가 싶다. '사랑해서' 뿐만 아니라 '사랑하기 위해'.
타인에게보다 우선 자신에게 가장 영향력을 발휘할 수 있는 '자신'이 더욱 사랑할 수 있도록 말이다.
가끔 사람들을 보고, "왜 저렇게 꾸미지?"라고 느낄 때가 있다. 이렇게 꾸미면 사람들에게 더 호감을 받을 텐데 하면서. 하지만 그것이 스스로 더 사랑하게 하는 노력이었나 하는 생각이 든다.

내가 똑딱이 주인인 것처럼 자기도 자신의 주인이다. 꾸미는 것은 주인이기 때문에 할 수 있고 그래서 그에 따른 책임을 져야 한다. 잘 보살펴 주고 신경 써주고 더욱 사랑해야 한다.

집에 가서 청소를 마칠 때쯤 똑딱이 미용 끝났다는 전화가 왔다.

도착해서 살짝 문을 밀었다. 문에 달린 종이 딸랑 소리를 내며 내가 왔다고 알려준다. 그러자 똑딱이 미용하던 작은 방의 문이 열리고 그 안에서 쪼르륵 똑딱이가 나온다. 아까의 바야바는 사라지고 눈이 땡그란 예쁜 똑딱이가 '짜잔'했다.

옆에 간식 사러 온 사람도 예쁘다고 난리다.

" 어머. 얘는 왜 이렇게 예뻐요? 어머, 어머 내가 본 말티즈 중 젤 예뻐요. 완전 인형 같아요. "

미용해 준 사람이 옆에서 거든다.

" 똑딱이 이쁘죠. 특히 주둥이 부분이 납작해서 너무 귀여워요. 인형 같아요. "

사람 좋아하는 똑딱이를 사람들이 좋아해 주는 이유 중 하나는 생김새도 한몫한다. 똑딱이는 얼굴이 위아래로 그리고 앞뒤로 모두 납작하다. 눈이 크고 눈 바로 아랫줄에 큰 코가 눌려서 위치한다. 그리고 아래턱이 좁고 짧다. 어린 강아지 때 모습과 별반 차이가 없다.

온 김에 귀 상태를 검사받으려고 옆방에서 진찰 중인 수의사를 기다렸다. 좀 있으니 닥스훈트를 안은 견주가 나온다. 그리고 나는 유리문을 살짝 두드리고 귀 검사받으려고 왔다고 했다.

똑딱이가 평소보다 귀찮아하는 눈치다. 귀에 작은 카메라를 넣으려고 하니 머리를 흔들고 하기 싫단다. 미용하자마자 바로 안고 와서 그런 것 같다. 한참 미용하느라 예민해졌는지 귀를 진찰하려는 수의사가 애를 먹는다.

" 아이고, 얘는 잡을 주둥이가 없어서. "

수의사는 옆에 미용하던 사람을 불러 똑딱이를 꽉 안으라고 하고 귀를 검사했다. 레슬링하는 듯 똑딱이를 안으니 똑딱이 눈이 커졌다. 그래도 아까보다 훨씬 안전해 보인다. 카메라로 본 후 수의사는 많이 괜찮아졌다고 했다. 그러면서 말했다.

" 우리 똑딱이는 주둥이가 짧아서 추남이네. "

나는 잡을 곳이 없어 진찰이 힘들다는 말인 줄 알았다. 하지만 그러고 덧붙였다.

" 동물들 세계에선 똑딱이 같은 얼굴보다 주둥이가 앞으로 길쭉한 얼굴이 미남이에요. 똑딱이 얼굴은 턱과 이빨이 약하다는 것을 그대로 보여주잖아요. 눌린 얼굴이라도 불독

처럼 아래턱이 크면 그 안에 공간이 넓어서 송곳니도 길고
이빨 수도 많고 굵거든요. ”

 똑딱이 엄마로서 별로 궁금하지 않은 사실을 친절하게
자세히 설명해 줬다. 나는 장가보낼 것 아니어서 괜찮다
고 했다. 똑딱이가 사람 말을 못 알아들어서 다행이다.

 곰곰 생각해 보면 개만 그런 게 아니다.

 외모는 '강자(强者)'의 모습을 선망하며, 선망하는 외모
를 미남, 미녀라 칭한다.

 발 빠른 산업화로 인해 경제적 우위를 점한 서구에 대
한 선망으로 '서구적 외모'는 단순한 특징이 아닌 미남,
미녀를 결정짓는 기준이었다. 그래서 평면적인 얼굴보다
서양인의 얼굴처럼 입체적인 얼굴을 미남, 미녀라 칭했
다. '남성의 경우 큰 키에 짙은 눈썹과 깊은 눈, 높은 코
그리고 여성은 백인같이 하얀 피부, 작은 얼굴, 쌍꺼풀이
있는 커다란 눈, 오똑한 코, 도톰한 입술은 다양성의 취
향을 넘는 절대적 미남과 미녀로서의 인정이었다.
 패션에 관해 이야기하는 한 유튜브 채널에서 국내 유
명 연예인들의 패션 화보를 보며 이야기했다. 국내 잘생
긴 남성의 대명사처럼 인식되는 배우의 정장 화보를 보
며 세 명의 진행자는 다양한 이야기를 나누고 특히 그의

외모에 대한 호감을 드러낸다. 그리고 칭찬으로 이렇게 말했다.

" 이탈리아 남자 같아요. "

옆에 다른 사람이, "어떻게 보면 동남아 지역 외모 같기도 해요."라고 했다. 그러자 순간 정적이 흘렀다. 진행자 중 한 사람이 "사과하세요." 라고 말했고 이어 "죄송합니다." 라고 했다.
서로 장난스러운 말투였지만 그 언급이 사과할 정도인가 하는 생각은 들었다.
　외모에서 미의 기준은 의외로 단순하다. "나는 취향이 우선이고 서구에 대한 선망도 없어."라고 생각하더라도 자기 외모에 대해 "이국적이다." 라는 말을 들었을 때 어느 지역, 혹은 어느 나라냐에 따라 기분이 바뀔 것이다.

그래도 과거에 비해, 특히 젊은 세대들에게 서구에 대한 열망은 많이 사라졌다. '외제'라는 단어가 고급의 다른 말인 것처럼 인식되고, 국내산 또는 국산 이런 단어가 저가 제품이던 시기를, MZ 세대들에게는 '핸드폰 없던 시절'처럼, 존재는 했지만 상상할 수 없는 것이다.
이들에게 서구의 것이라고 무조건적인 선망은 없다. 다양성의 추구와 서구 이외 지역의 선전으로 외모도 서구에 대한 선망이 흐려졌다.

그리고 '인형 같은 외모'는 시내와 시억을 막론하고 미의 기준에 적합하다는 의미이다. 인형은 사람이 만든, 사람이 선호하는 전형의 모습이기 때문이다.

동물 인형의 경우도 미의 기준에 적합하다. 단 구매자인 사람 취향이 기준이다. 부드러운 털에 둥근 얼굴, 납작한 주둥이와 작은 입 등 전반적으로 공격성이 없는 귀여운 아기 동물들의 모습을 띤다.

세상 모든 '기준'은 사람이다. 이 기준을 사람이 잡았기 때문이다.

동화 '미운 오리 새끼'에서 오리의 외모보다 백조가 우월하다고 생각하는 것도 사람이다.

사실 오리들이 백조의 모습을 보고, "우리보다 새하얀 털, 훨씬 길고 얇은 목, 몸에 비해 작은 얼굴 너무 잘 생겼어."라고 생각할 것 같지는 않다. 아마 이상하고 우리와 다르다 정도로 생각할 것이다. 뒤뚱거리며 걷는 오리와 달리 물 위에 조용히 떠 있는 백조를 '고고한 자태'로 표현하는 것도 사람의 시선이다.

요즘 자이언트 판다인 '푸바오'의 인기가 유명 아이돌 못지않다. 푸바오가 있는 동물원에는 그를 보기 위해 사람들이 길게 줄을 섰다. 우리나라뿐만이 아니다. 미국이나 일본 등 다른 나라에서도 자이언트 판다의 인기는 대단하다.

자이언트 판다의 외모는 그야말로 인형이다.

 몽실한 몸의 하얀 털과 완벽하게 대조적으로 두툼한 네 발은 검은색이다. 둥그렇고 커다란 하얀 얼굴에 양 갈래 머리 같은 귀, 눈 주변, 그리고 코는 검은색이다. 전반적으로 도톰한 둥그스름의 형태와 함께 적합한 위치에서 흑백의 대조가 기가 막히다. 또한 성장했어도 어린 시절의 천진난만함을 가지고 있고 공격성도 없다. 유식이 아닌 채식이며 주식은 대나무다. 달리기가 빠른 것도 아닌 경계심이 없는 이 털북숭이는 나무에 배를 척 깔고 누워 있거나 짧은 뒷다리를 펴고 털썩 앉아 양팔로 대나무를 껴안고 맛있게 먹고 있다. 게다가 희귀하기까지 하다. 완벽하게 사람 취향이다.

 사람이 좋아하는 것은 다 갖췄다. 사람들이 열광하는 것은 너무나 당연하다. 사람들의 큰 관심과 각별한 보호 아래 이 세상의 모든 자이언트 판다들은 살아가고 있다.
 편안하고 사랑받는 판다들의 삶의 모습을 가만히 보고 있자니 저렇게 살고 싶다는 느낌이 살짝 스치고 지나갔다.

 우연인지 의도인지 저녁 뉴스에서 푸바오의 인기를 보도하고 바로 다음 뉴스로 곰의 이야기가 또 나왔다. 옆에서 같이 뉴스를 보던 가족들이 "곰판이네."라고 했다.

하지만 이번엔 판의 양상이 다르다.

 열악한 환경의 곰 농장이 보도됐는데, 농장 안의 좁은 철창 안에 끼어 사는 곰의 모습이 드러났다.
곰 농장은 곰의 쓸개인 웅담을 채취하기 위한 농장으로, 1981년에 웅담 채취를 위한 곰 수입을 장려하면서 성행됐다고 한다. 하지만 이후 1993년 정부가 멸종위기에 처한 야생동식물 국제 거래 협약에 가입하면서 곰을 수입하는 것이 금지됐고 또한 웅담 수요도 줄면서 곰 농장은 점차 줄어들었다.
 수입이 줄어든 일부 농가에서의 불법 증식 방법이나 열악한 사육환경 등으로 문제가 발생하는 경우가 종종 있었는데 최근까지도 곰 농장에서 탈출한 곰들이 민간으로 내려와 사살되기도 했다. 이러한 분위기에서 2023년 12월에 20일에 야생동물 법이 개정되었다. 사육 곰과 웅담을 생산 섭취하는 것을 금지하는 야생동물 법이 국회를 통과했는데 이는 2026년부터 시행된다.
 둘 다 곰인데 사람이 좋아하냐 그렇지 않냐에 따라 완전히 다른 상황이다.

옆에서 가족들이 한마디씩 한다.

" 다 멸종위기라는데 왜 한쪽만 신경 써주지? "
" 판다는 사람이 좋아하는 스타일이잖아. "
" 흠, 사람 마음이네. "

아직 소화가 안 된 저녁 때문에 머리가 덜 돌아가는 느낌에다 농담처럼 툭툭 던지는 상황이지만, "정말 그런 건가?"란 생각이 들었다. 아무튼 '사람 취향'에 따라 상반된 팔자였다.

프란츠 카프카의 단편소설 '변신'이 생각났다. 자고 깨어보니 집의 가장이었던 아들 그레고르는 징그러운 벌레로 변신해 있었다.

예전 이 책을 읽었을 때 갑작스러운 장애처럼 경제적 능력이 없게 변해 아무 쓸모도 없고 가족에게 부담만 되는 그레고르의 모습이 징그러운 벌레처럼 느껴졌나 하고 생각했지만 의외로 단순히 외모에서 온 느낌 때문에 그럴 수도 있다는 생각이 들었다. 즉, 징그러운 것이 상황에서 오는 느낌이 아니라 진짜 외모에서 바로 느껴진 느낌인가 싶다.

다시 책을 상기하면서 어떤 모습일지 상상해 봤다. "커다란 바퀴벌레 같은 모습인가? 왜 징그럽다고 했지?" 하면서.

징그럽다는 건 뭘까?

중학교 생물 시간에 교과서에서 뱀이 나오자, 학생들이 "으~"라고 하자 선생님은, "징그럽지? 뱀도 사람 보면 징그럽다고 생각해."라고 했다.

아마 취향이 아닌, 완전히 반대의 것으로 변해있다는 말을 징그럽다로 표현하지 않았나 싶다. 그리고 그것을 해충 같은 벌레로 표현한 것이고.

만약 사람이 좋아하는 귀여운 모습으로 변신했다면 어땠을까. 두 경우 모두 경제적 능력이 없지만 사랑스러운 사람 취향의 외모라면 벌레로 변신했을 때처럼 쉽게 내치지는 못했을 것 같다.

음악 토크프로그램에 눈에 띄게 잘생긴 연예인이 나오자, 객석의 사람들은 기쁨에 넘치는 함박웃음을 지으며 크게 환호했다. 진행자는 그 모습을 보고 말했다.

"사람들에게 별로 뭘 하지도 않았는데 웃음을 준다는 거, 그거 진짜 행복한 거 아니에요?"

취향을 저격한 외모는 뭘 하지 않아도 즐거움을 주는 강력한 효과를 발휘한다.

그리고 사람이 뱀을 징그러워하는 것은 뱀에게 큰 해이지만, 뱀이 사람을 징그러워하는 것은 그다지 문제가 되지 않는다. 푸바오와 농장 곰이 사람을 징그러워하는지 아닌지 별 상관없는 것처럼 말이다. 사람이 지구의 주인처럼 행사하기 때문이다.

똑딱이와 산책 중에 들어간 동네 놀이터에 쪼꼬미 유
치원생들이 가득하다. 쪼꼬미들은 똑딱이를 보고는 똑딱
이 주변으로 쪼르륵 몰려온다.
 조그만 손으로 살며시 쓰다듬고 기분이 너무 좋다며 몸
을 부르르 떨기까지 한다. 아이들을 좋아하는 똑딱이도
기분이 좋은지 살짝 꼬리를 흔든다.

그때 한 아이가 서투른 느낌으로 힘을 주어 쓰다듬자 옆
에 아이들이 합창처럼 외친다.

" 안돼! "
" 우리가 강아지를 보호해야지! "

 눈이 초롱초롱하고 분홍색 옷을 입은 아이가 시범을 보
여주려는 듯 앞으로 아장아장 나온다. 자신들보다 작은
강아지를 보호해야 한다며 이렇게 조심스럽게 쓰다듬는
것이라고 똑딱이 등에 손이 닿지도 않은 채 허공에다가
조심스럽게 쓰담쓰담 하면서 방법을 보여준다.
 힘을 주어 쓰다듬던 아이는 알겠다며 똑딱이 옆에 작은
몸을 쭈그리고 앉았다. 집중하느라 고개를 옆으로 기울인
채 어깨를 움츠리고 조심스럽게 털끝을 살짝살짝 쓰다듬
는다.
 작고 소중한 어린아이들이 자신보다 작은 생명체를 보
호해야 한다고 말하며 행동하는 모습이 너무 사랑스러워
마음이 솜사탕이 됐다.

'보호하자'라는 말을 들었을 때 떠오르는 문구가 있다.

[자연을 보호하자.]

내가 초등학생 때 학교에서 포스터를 그리는 일이 많았
었다. 그때 내가 주로 선택한 문구가 '자연을 보호하자'
였다.
식상할까 걱정이 될 정도로 '자연보호'는 당시 여기저기
흔하게 사용하던 문구이다.
자연을 보호하자는 문구에 어울리는 그림은, 나뭇가지를
함부로 꺾지 않는다던가 잔디를 함부로 밟지 않고, 혹은
거리에 쓰레기를 버리지 않는 그런 것들이었다.

이외에 보호 하자와 관련된 익숙한 것들이 연이어 떠올
랐다. 이 두 가지 문구다.

" 세이브 더 칠드런 Save the Children "
" 세이브 디 얼쓰 Save the Earth "

전 세계적인 캠페인이라 영어 문구가 더 익숙하다.

예전에는 못 느꼈는데 입으로 되뇌 보니 'Save the Earth'의 문구가 어색하게 다가온다.

'Save the Children'을 들었을 때의 얼룩 없는 하얀색이 떠오르는 것과는 좀 다르다. 'Save-' 뒤에는 우리가 보살펴야 할 우리보다 약한 존재가 와야 할 것 같다.
하지만 지구는 우리 모두가 살고 있는 전체다. 그런데 이 문구는 주체인 우리와 목적어인 지구를 따로 떨어뜨려 놓은 느낌이 들어 어색했다.

기후변화로 세계 전역에서 일어나고 있는 자연재해와, 탄소 배출로 인한 온난화로 북극의 빙하가 녹아내려 앞으로의 인류가 걱정스러운 이 상황에서 아직도 흐리멍덩한 태도를 보이는 인간들이, 보호해야 할 대상이 '지구'라는 말이 뭔가 아직 정신 못 차린 오만함이 느껴지기도 한다.

탄소 배출 금지에 대한 다국적 회의에서 미적지근한 산유국들의 태도를 보고, 기름이 나는 곳에 터를 잡아 맘껏 누리는 동안 지구에 일어난 일에 대한 책임을 아직도 못 느끼다니 소름 끼쳤다.
최대 산유국의 지도자는, 석유가 고갈되는 시점에 기름 없이도 가능한 미래 도시를 만든다며 기름을 팔아 벌어들이고 있는 천문학적인 돈으로 계획한 도시를 소개했다.

화려하고 완벽한 미래 도시를 재현한 모습을 자랑스럽게 소개하는 것을 보고 그 미래가 가능할까 하는 생각이 들었다.

탄소 배출에 대한 규제 등 환경 관련한 규제들이 계획되고 부분적으로 시행되고 있기는 하지만 지구의 현 상태와 비교해 보면 아직도 시급함을 느끼지 못하고 있다는 생각만 든다.

지구의 주인처럼 행사하는 인간이 책임감은 쏙 빼고 여전히 주인 행사만 하는 듯하다.

지구에서 가장 강한 생명체는 인간이 맞는 것 같다. 인간이 지구상에서 기준을 잡고 좌지우지해 왔다. 그러면 그에 따른 책임감을 느껴야 한다.

다른 생명체들뿐 아니라 자신을 위해 책임감을 가지고 내일에 대한 두려움을 느끼며 지금 바로 실행해야 한다.

지구의 변화로 무너지는 생태계는 결국 모두의 숨을 조일 것이다. 당연히 인간도 포함해서 말이다.
너무 많이 늦은 것 같지만 되돌릴 수 없으니 할 수 없다.
이제라도 지금이라도 하지 않으면 미래 도시고 나발이고다.

 지구 온난화로 북극의 빙하가 녹아내려 힘들어하는 북극곰의 모습이, 슬픈 음악과 함께 애절하게 나오는 지구 보호 캠페인이 있다.

이걸 보니 가수 신해철의 '나에게 쓰는 편지' 중에 한 구절이 떠올랐다.

" 걱정스러운 눈빛으로 날 바라보는 친구여, 우린 결국 같은 곳으로 가고 있는데. "

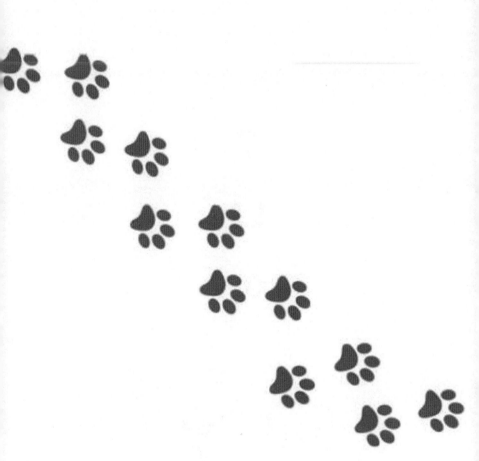

7.

나

이

" **몇** 살이에요? "

산책하다 보면 똑딱이에게 가장 많이 하는 질문이다. 대부분 그냥 지나가기 뭣해서 별 의미 없이 자연스럽게 던지는 질문일 때가 많다.

하지만 개를 키우는 사람들은 자기 반려견과 비교하려고 그럴 수 있다. 운동상태나 건강 상태 등을 비교하는데, 나이는 '정상'의 가늠을 위한 기준이기 때문이다.

" 아직 어리네요. 산책 한번 할 때 소요 시간이 얼마나 돼요? "
" 동갑이네요. 다리 관절은 어때요? "
" 그런데 건강하네요. 사료는 잘 먹나요? "

그리고 개를 키우지 않는 사람들은 나이를 말하면 이렇게 되물어 온다.

" 그럼, 사람 나이로는 몇 살이에요? "

사람과 개의 기대수명이 달라 나이만 들어서는 어린 편인지 혹은 노견인지 알 수 없기 때문이다.

모든 생명체는 개체의 평균적인 수명에 가깝게 가면 늙었다고 한다. 하지만 평균수명이 늘어난 지금은 '늙었다'라는 기준을 과거처럼 잡으면 어색해진다.

예전에 열 살 넘은 개는 흔하지 않았다. 요즘 산책하다 보면 열여섯, 열일곱 살 개도 본다. 열 살 넘은 개는 흔하게 봤다. 게다가 건강하기까지 하다. 열세 살 정도 먹은 개들은 별 탈 없이 활달하게 잘 뛰어다니는 경우도 많다.

과거와 달리 동물병원도 자주 가고 예방약도 제때 주며, 음식도 신경 써서 먹이기 때문에 기대수명이 늘어난 것은 당연하다.

사람이 먹다 남은 밥을 모아 준다거나 생명이 위태로울 정도로 커다란 문제가 있지 않고서는 동물병원에 거의 가지 않던 과거와 다르다. 병원은 이제 '치료'만큼 '검사'나 '검진'이 익숙한 곳이다.

산책로에 들어서니 마침 익숙한 견주와 반려견이 있다. '가을이'이다. 가을이는 10월에 와서 가을이라고 이름 지었단다.

가을이는 열네 살인데 건강하다. 잘 뛰고 오래 산책해도 별 무리가 없다고 했다. 외모나 움직임을 보면 절대 나이 든 개로 보이지 않는다.

가까이에 개가 있으면 신경 쓰는 똑딱이지만 가을이는 처음부터 괜찮았다. 나이가 있는 가을이는 똑딱이를 전혀 신경 쓰지 않았다.

산책로에서 만난 개들은 웬만큼 나이가 들면 주변 사람이나 개에 별로 관심 두지 않고 자신만의 산책했다. 똑딱이는 자신에게 다가오지 않는 경우 신경 쓰지 않는다. 그래서 산책로에서 가을이를 만나면 마음이 편했다.

둘이 앞서거니 뒤서거니 하면서 산책로에서 여기저기 냄새를 맡으러 둘러보며 바삐 걸어가고 있었다.

저 앞에서 아이가 엄마와 함께 개천가의 새를 쳐다보며 이야기하고 있다. 가까이 가니 아이가 등을 돌려 가을이와 똑딱이를 유심히 쳐다본다. 그러고는 둘이 친구냐며 묻는다.

아이의 질문이 둘이 동갑이냐는 질문인 것 같아 가을이 견주가 아니라고, 가을이가 똑딱이보다 훨씬 나이가 많다고 말했다. 그러자 아이가 물었다.

" 몇 살인데요? "

" 넌 몇 살인데? "

" 열 살이요. "

" 얘는 열네 살이야. "

" 나보다 네 살 많네요. "

" 강아지 나이는 사람이랑 달라서 훨씬 많은 거야."

아이가 잠시 생각하더니 묻는다.

" 그럼 한 육십 살이요? "

" 음. 육십 살도 넘었지. "

" 우와 진짜요? "

아이의 엄마가 웃으며 옆에서 거든다.

"환갑잔치해야겠네. "

지금은 특별하지 않은 생일처럼 됐지만 예전에 60살 생일은 크게 잔치했다. 과거에 환갑잔치는 돌잔치처럼 상황만 된다면 당연히 해야 하는 잔치였다.

하지만 지금은 60세가 잔치까지 할 정도로 '장수'를 축하할 나이가 아니다. 십 년 터울로 큰 잔치를 한다고 해도 60살 생일이 마지막 잔치가 될 확률도 낮다.

기대수명은 0세 출생자가 앞으로 생존할 것으로 기대되는 평균적인 생존 나이를 말하는데, 통계청 자료에 따르면 한국인의 기대수명은 2022년 기준 평균 82.7세 정도다.

그리고 지금 환갑잔치를 했다면 남은 수명을 나타내는 기대여명을 봤을 때, 일반적으로 25년 정도를 더 살기 때문에 장수를 축하하며 잔치하기에는 어색할 수 있다.

연령별	2022		
	기대여명(전체)(년)	기대여명(남자)(년)	기대여명(여자)(년)
0	82.7	79.9	85.6
1	81.9	79.1	84.8
5	78.0	75.1	80.8
10	73.0	70.2	75.9
15	68.0	65.2	70.9
20	63.1	60.3	66.0
25	58.2	55.4	61.1
30	53.4	50.5	56.2
35	48.5	45.7	51.3
40	43.7	40.9	46.4
45	38.9	36.2	41.6
50	34.2	31.6	36.8
55	29.6	27.1	32.1
60	25.1	22.8	27.4
65	20.7	18.6	22.8
70	16.6	14.7	18.2
75	12.6	11.0	14.0
80	9.1	7.9	10.1
85	6.3	5.4	6.9
90	4.3	3.7	4.6
95	2.9	2.5	3.1
100+	2.1	1.8	2.1

연령별 기대여명, 출처: 통계청 자료(2022)

" 어~ 어~ "

멍때리며 걷던 나는 똑딱이가 갑자기 힘껏 뛰려고 해서 깜짝 놀랐다. 똑딱이는 산책로에 있는 운동기구 쪽으로 나를 이끈다.

" 아이고~ 왔어~ "

낯익은 할머니다. 이 길로 이 시간에 산책하면 항상 이 곳에 있다. 앉아 있는 사람들을 보면 꼭 가서 인사하고 오는 똑딱이 덕에 산책로에 자주 앉아 있는 사람들은 이제 낯이 익다.
대부분 나이가 지긋한 어르신들이다. 가끔 똑딱이 덕에 귤도 받고 참외도 받고 옷에 다는 날개 인형도 받았다.
한번은 도봉산 입구 산책로에서 오천 원을 받았다. 언제 봤다고 눈을 마주치자, 다리에 머리를 비비며 한참 반가워하는 똑딱이에게, 할아버지는, "고마워."라고 하며 맛있는 것 사 먹으라고 돈을 줬다.
뭔가 주고 싶어 여기저기 뒤졌지만 돈밖에 없던 할아버지는 똑딱이 옷의 작은 주머니에 오천 원을 끼워 넣어 줬다. 나는 당황해서 되돌려 주려 했지만 할아버지는 나 준 것 아니라며 받지 않았다.

할머니도 똑딱이에게 뭔가 주기 위해 주머니를 뒤적거린다.

160

" 오늘은 술 게 없네. "

작년에 할아버지가 돌아가셨다고 했다. 집에 있으면 할 것도 없고 해서 둘이 산책하고 운동하던 이 길에 매번 나온다고 했다. 딸이 외로워하는 할머니에게 반려견을 키워보는 것은 어떻겠냐고 물어봤단다.

" 이제 못 키우지. 내가 언제 죽을지 모르는데 내가 먼저 가면 어떻게 해. "
" 나이가 들면 언제 가는지 모르니깐 계획을 세울 수가 없어. 계획을. "
" 언제 죽을지 알면 좋은데 말이지. "

할머니의 말을 들으니 중학교 때 친구가 자기 엄마가 자주 가던 절의 스님이 말해줬다며 점심시간에 밥알을 튕기면서 해주던 말이 생각났다.

" 태어날 때 죽는 날 받아 나온 데. "

우리는 "진짜?"를 연발하며 꽤 심각했었다. 지금 생각해 보면 그때 왜 심각했는지 모르겠다. 아마 죽음이라는 것이 피할 수 없는 것은 당연하지만, 전혀 상관없다가 아주 나중에 가까워지는 것으로 생각했었던 것 같다.
'죽음'과 가장 멀리 떨어져 있을 것 같은 '탄생'에서부터 이미 영향을 받고 있었나 하는 생각에 충격적이었나보다.

161

가까워지면 더 두려워질 법도 한데 죽음은 어렸을 때가 훨씬 두려웠던 것 같다.

나이가 들면 모든 감각이 무뎌지는데 이것도 예외는 아닌가 보다. 살아보니 별것 없어 그런 건지, 혹은 이만큼 살고 누렸으면 기본은 됐다 하는 만족감인지 모르겠지만 아무튼 무뎌졌다.

모든 사람이 자신이 언제 죽을지 알면 어떨까?

삶의 의욕이 없어지고 무기력해질까? 아니면 부질없는 욕심이 없어져서 평온해질까? 의욕이나 욕심이나 제한이 없다고 느낄 때 솟구치는 것이니 둘 다 줄어들 것 같기도 하다.
혹은 구체적인 기한 내에 남는 것 하나 없이 모든 열정을 쏟아부어 매사 꽉 찬 에너지로 살아갈 수도 있겠다. 유리병에 채워진 삶의 구슬이 하나씩 없어지는 것이 아쉬워서 하루하루를 아주 소중하게 사용하면서 말이다.

이런 생각을 하다 보니 사실 지금도 삶이 유한하다는 것을 알고 있다. 데드라인을 몰라서 그렇지 모든 삶의 방향은 죽음으로 향해가기 때문에 죽음까지의 카운트 다운은 태어나면서 시작된 것은 맞다.

살면서 이것저것 잊어먹고 사는 데 죽는다는 사실도 자꾸 잊어버리는 듯싶다. 죽을 날을 몰라서 그런가 하는 생각도 든다. 삶의 유통기한을 알면 좋은지, 뭐 그저 그런지 혹은 재앙인지 모르겠지만 확실히 삶의 계획을 세우기에는 좋을 것 같다.

남은 시간을 알면 계획을 세우기 좋다. 시간이 많이 남았다고 생각해 미루다 보니 죽음이 임박해 못 간 여행이나, 반대로 시간이 얼마 남지 않은 것 같아 아낌없이 사용해서 지낼 집과 돈이 떨어진 상태로 남은 생이 긴 경우 둘 다 안타깝다.

취업하고 간다고 미뤄놓고 마침내 합격 통보받고 그렇게 가고 싶던 유럽 여행을 가방까지 싸놓고 사고로 죽은 지인의 아들이나, 80살쯤 돼서 자식들에게 재산을 모두 물려줬는데 이제 90살을 바라보는, 항상 돈 없다고 걱정하는 윗동네 할머니 둘 다 마음 아프다.

새로운 기술이 많이 개발되던데, 키가 얼마큼 클 수 있는지 미리 알 수 있는 것처럼, 죽는 날을 알 수 있는 신기술이 나왔으면 좋겠다.

알고 싶지 않은 사람들은 검사를 안 하면 되는 것이니깐.

똑딱이의 나이를 들으면 해가 바뀌면서 반응이 달라진다.

" 아직 애기네. 애기야. "
" 한창 발랄할 나이네. "
" 이제 차분해질 나이군. "

똑딱이는 나이에 따라 조금씩 변했다. 천방지축 똥꼬발랄함이 영원히 지속될 줄 알았는데, 시간이 흐르니 말 안 듣는 개춘기를 지나 이제는 조금 차분해졌다.
되돌아갈 수 없는 아기 똑딱이 시절도 그립고, 간식 안 준다고 반항기 가득했던 삐진 엉덩이와 내 발등을 힘껏 치던 솜방망이 전법도 그립다.

예전에는 꽤 오래 산책해도 헉헉대지 않았는데 이제는 조금 오래 걸었다 싶으면 혀를 내밀고 헉헉댄다.

사람보다 짧은 견생에 아쉬움도 들고 그렇다.

싱글인 사람들을 연결해 주는 프로그램이 인기다. 처음에는 서로에 대해 정보가 없는 상태에서 만난다. 그러다 차츰 하나씩 알려주는데 특히 가장 궁금해하는 것이 직업이다. 결혼은 현실적인 상황이라 경제적 능력을 중요시하는 것은 당연하다.

그다음에 궁금해하는 것이 바로 나이다. 나이는 숫자에 불과한 것이 아니라 나이를 통해 알 수 있는 것이 꽤 많다.

어떤 가치관의 교육을 받았는지 또한 외모에 가려 헷갈리는 세포 노화를 예측할 수 있다. 어려 보여도 노화가 시작된 나이의 생체리듬이 존재한다. 노화는 속도는 느리게는 할 수 있어도 멈추거나 되돌릴 수는 없다.

시간에 따라 자연스럽게 씨앗이 봉우리가 되고 꽃이 피고 만개한 후 시들고 진다. 계절이 바뀌고 그리고 철이 든다.

사람이나 개나 나이를 먹으면서 몸과 정신의 성향이 바뀐다. 범 무서운 줄 모르던 하룻강아지와 천둥벌거숭이들은 어느덧 세상 무서운 줄 아는 어른이 된다.

호기심 많고 경계심 없는 어린 시절을 지나 감정 기복이 심하고 말 안 드는 사춘기와 열정 가득한 젊은 시절을 거쳐 차분해지는 시기가 온다.

그리고 주변에 크게 동요하지 않는 노련한 시기를 지나 몸이 쇠약해져 움직임이 느려지며 예전보다 매사 귀찮아 하는 일이 늘어난다.

이게 자연의 섭리기 때문에 너무 거스르면 거슬린다. 특히 정신의 나이 먹는 속도가 또래들과 차이가 커서 따라 잡지 못하면 '철없다' 소리를 듣게 된다. 나이에 따른 기대가 있기 때문이다.
시간을 그만큼 썼는데 '나잇값'을 못하냐는 핀잔도 받는다. 그래서 똑같은 행동이 귀여울 수도 철없어 보일 수도, 혹은 이상해 보일 수도 있다.

사람은 시간을 보내면서 성숙해지기 때문에 예전부터 나이를 지칭하는 말이 있다. 예를 들어 40세를 불혹이라 해서 쉽게 미혹되지 않는 나이라 했고, 50세를 지천명이라 하며 하늘의 뜻을 알게 되는 나이라 했다.

이런 생각을 하다 보니 갑자기 의아한 것이 생겼다.

" 평균수명이 많이 늘어난 지금 이 말도 바꿔야 하나? "

예전의 40대와 지금의 40대를 비교해 보면 몸과 정신 상태 모두 차이가 크다. 40대에게 세상의 유혹에 넘어가지 말라는 말이나 50대에 세상의 이치를 안다는 말은 모두 일러 보인다.

그렇다면 나이에 따라 기대하는 기준이 바뀌었으니 철이 늦게 들어도 되는 건가?

"앗싸! 철 늦게 들어도 된다."란 생각하려다 내가 간과한 것이 떠올랐다. '늦게', '제때', '빠른' 이라는 것은 상대적이라 같은 상황에서만 가능하다.

예를 들어 평지에서 뛴 것과 비탈진 곳에서 뛴 것은 누가 빠른지 알 수 없다. 더운 날씨와 서늘한 날씨의 뜀박질도 마찬가지다. 같이 뛰어야만 빠른지 느린지 할 수 있다.

그래서 지금과 비교하면서 말하는, "나 때는 말이지."는 어불성설이다. 시대가 다르므로 과거와의 비교는 의미가 없고 또한 불가능하다. 비교는 동시대를 살아가는 지금의 사람들과 가능하다.

그리고 "철 들어라."라고 종용하는 것은 시대의 요구가 아닌, 바로 자신을 위한 말이다. 삶의 시간이 생각보다 빠르다는 것을 경험한 인생 선배들이 후배들은 후회를 되도록 적게 하도록 하는 조언이다.

미국 정치가인 벤저민 프랭클린은 삶이 비극인 이유가, "우리가 너무 일찍 늙고 너무 늦게 철드는 것에 있다."라고 했다. 그리고 우리 옛말에, "철들자 죽는다."라는 말이 있다.

그러고 보면 사람은 누구나 철이 늦게 든다. 예나 지금이나 그렇다. 그래서 항상 후회한다. 이상할 정도로 늦게만 들지 않으면 정상이다.

" **어** 휴~ 어쩌지…. "

똑딱이와 함께 산책하고 있는데 우리 앞에 가던 견주와 개 둘 다 멈춰서 우물쭈물하고 있다. 보니깐 배변 봉투를 안 챙겨 나왔다. 넉넉하게 챙겨나온 나는 빨리 하나를 꺼냈다.

" 여기요. "
" 아유 고마워요. "

휴지도 필요한 것 같아서 줬다.

" 집 바로 앞이라 잠깐 해만 쬐다 들어가려고 해서 그냥 나왔지 뭐예요. 그리고 얘가 늙어서 똥을 잘 참지도 못하고 또 힘을 못 줘서 잘 싸지도 못해요. 그래서 매번 이렇게 지려요. "

견주는, 다리에 힘이 없어 후들거리는 반려견의 똥 묻은 엉덩이를 휴지로 꼼꼼하게 닦아주었다.
우리를 기억 못 했지만 나는 이 견주와 개 둘 다 또렷하게 기억했다. 산책로에서 몇 번 봤다. 아주 천천히 걸었고 벤치에 앉아 있어서 지나가다 말을 걸기도 했었다. 무엇보다 내가 그 개와 견주를 정확히 기억하는 이유는 개의 나이 때문이었다. 그 개는 23살이다.

견주는 몸을 제대로 가누기 못하는 반려견의 뒤치과를
하면서 말했다.

" 집에만 있으면 답답할 것 같아서 해 좀 쬐라고 따뜻할
때 잠깐 나와요. "
" 밤이면 끙끙대서 안쓰러워 죽겠어요. 아파서 잠도 제대로
못 자요. 휴…. 이제 몸이 여기저기 안 아픈 곳이 없겠지. "
" 병원비도 만만치 않아요. 병원에서 안락사 해준다고 했
는데 아들이 소리 지르고 아주 난리가 났었어요. 자기가
끝까지 책임질 거니깐 놔두라고. "
" 내가 일이 있어서 데리고 못 나가는 날은 아들이 회사
갔다 와서 저녁에 꼭 산책시켜 주고 와요. 회식해서 술에
잔뜩 취했을 때도 낮에 안 나갔다니깐 옷도 안 갈아입고
나가요. "

 그러고 보니 아들도 본 것 같다. 11시가 훌쩍 넘어 밤
늦게 똑딱이와 산책하러 간 적이 몇 번 있었는데 그때
그 개를 봤다. 개의 발걸음에 맞춰 아주 천천히 걷고 있
던 사람이 아들이었나보다.
 30대 정도로 보였는데 두 달 된 강아지가 23살이 되었
으니 어린 시절과 청소년기, 대학 시절을 지나 군대를 다
녀오고 취업을 한 사회인으로 성장한 기간이다.
 질풍노도의 시기나 목표를 위해 정신없이 바쁜 시기도
있었을 것이고, 친구나 애인, 혹은 일에 집중하느라 집에
있는 시간이 많지 않았을 때도 많았을 것이다. 그래도 변

함없이 반려견은 항상 그 자리에 있었다.

 그 아들의 의식은 반려견의 죽음에 대한 걱정이지만 무의식은 죽은 이후의 힘든 자신이 걱정일 것이다. 얼마나 힘들지 알기에.

 남산 근처에 살 때 낮 한 시쯤 항상 작은 개를 수건에 싸서 무릎에 놓고 길가 벤치에 앉아 있는 할머니가 있었다.

매번 같은 시간에 같은 장소에 그렇게 있었다. 할머니와 개 둘 다 평온하게 햇살을 즐기고 있는 모습이었다.

그 앞을 지나갈 때면 '욕심' 이런 단어가 '별거 없다'로 연결됐다. 족함도 부족함도 없는 모습이 좋아 천천히 그 앞을 지나갔던 기억이 있다.

그리고 나는 도봉산 바로 아래로 이사를 했다. 그러던 어느 날 마사지 샵에서 광고 문자가 왔다. 미리 지불한 마사지 쿠폰 10회 중 2회가 남아있는 걸 그때 기억했다.

나는 오랜만에 마사지를 받기 위해 옛 동네를 찾았다. 샵의 사장님과 동네 이야기를 하다 이런 말이 나왔다.

" 요 앞에 개랑 둘만 살던 할머니가 있었는데 개가 죽고 나서 할머니가 약을 먹었대요. 글쎄. 따라 죽으려고. "

"... 어 그래서 어떻게 됐어요? "

" 모르지. 그 뒤로 안 보여요. 돌아가셨는지 아니면 자식들이 데리고 갔는지. "

반려견의 죽음은 어마어마한 상실감이다. 오랫동안 함께한 반려견의 죽음은 자식이나 배우자, 친구, 그리고 형제의 죽음과 같다.

반려견은 멀리서 사는 자식이나 먼저 떠난 배우자, 소식이 닿지 않는 친구를 대신해 줬다. 또한, 함께 성장하며 상황에 따라 대하는 외부의 사람들과 달리 그 자리에서 일상이 파괴되지 않도록 지켜줬다.

누구에게는 절대 떠나지 않는 믿음을 주며 함께 사는 유일한 가족으로, 세상에 혼자가 아니라고 느끼게 해줬다.

시간이나 위치도 없이 떠돌아 울렁대서 멀미만 나는 망망대해 어딘가에서 정지할 수 있게 내려준 돛이 없어진 것과 같다. 생명의 동아줄처럼 잡아준 존재가 사라졌다. 일상의 삶을 유지할 수 있게 해주던 존재가 사라지면서 삶의 의미가 놓였을 것이다.

할머니가 죽을 만큼 힘들었던 것은 반려견이 오랫동안 잡고 있던 그 끈이 놓인 것 아닐까 하는 생각이 든다.

똑딱이와 산책하다 보면 반려견을 떠나보낸 사람들을 종종 본다. 대부분 보낸 슬픔이 너무 커서 다시는 반려견을 키울 수 없다고 했다.

" 우리 개는 내가 아들네 집에 갔다 온 날 죽었어요. 항상 집에 있다 잠깐 갔다 온 날 딱 그때 죽었어. 내가 얼마나 후회했는지 몰라. 나중에 생각해 보니 죽는 걸 보여주고 싶지 않았나 봐. "
" 무지개다리 건너고 물건 정리하려고 보니 물이 남아있었어요. 아침마다 물을 갈아줬었는데…. 몇 달을 그 물을 못 버렸어. "
" 느낌이 똑같아요. 똑딱이 머리 쓰다듬으니깐 기억나요. 하루만이라도 돌아와 줬으면 좋겠어요. 너무 보고 싶어요."

반갑게 인사하는 똑딱이를 보며 그들이 촉촉해진 눈으로 인사를 건넨다.

" 꼭 건강해야 해! "
" 행복해! "

자기 반려견에게 하고 싶던 말일 것이다.

172

반려동물을 잃고 우울감을 느끼는 것을 '펫로스 증후군'이라고 한다. 상실감과 함께 후회하며 심적으로 많이 힘들어하게 된다.

"건강 관리에 신경 썼어야 하는데.", "자주 산책시켜 줄걸.", "남들은 강아지 펜션도 자주 데리고 가던데 한번을 못 가봤네." 이런 식으로 되돌릴 수 없는 반려견의 죽음 앞에 후회하며 자책한다.

사람은 자신의 주체적인 삶을 살아가게 되면서 누리는 모든 것을 제공해 줄 필요가 없지만, 반려견은 주인에게 모든 것을 의지하게 된다. 음식뿐만 아니라 경험의 기회도 주인이 제공한 것에 한해 살아가게 된다. 그래서 견주들은 미안한 마음과 때로는 죄책감을 느끼기도 한다.

하지만 애정이 있는 경우에는 어떤 상황이라도 후회하게 된다.

반려견의 죽음에 견주가 고통을 느끼는 것은 그만큼 자기 삶에 반려견이 차지하는 비중이 컸다는 것이다.
그리고 사랑은 아무리 쏟아부어도 아깝지 않고 부족하다.

그래서 우리는 사랑하는 대상에게 미안하고 사랑한다.

" **엄**마 병원 갔다 올게. "

 똑딱이가 '병원'이란 단어에 겉옷을 입는 나를 멀리서 지켜보며 가까이 오지 않는다.

" 아니. 너 말고 엄마만. "

 퇴원 후 검진을 위해 병원에 왔다. 9시도 안 된 이른 시간인데 벌써 사람들이 꽉 차 있다.

기본 검사를 위해 간호사가 이름을 부르고 있었다.

" OOO 님! "

누군가를 불렀다. 그 사람이 앞으로 나오자 간호사가 묻는다.

" 생년월일이요. "
" 1932년 4월 2일. "

 간호사가 환자 확인을 위해 생년월일을 물었고 그 사람이 대답하자 병원에서 순서를 기다리던 나를 포함한 거의 모든 사람이 고개를 돌려 그를 쳐다봤다.

구십 살이 넘었는데 외모, 걷는 모습, 목소리 모두 칠십 대 초반으로 보였다. 요즘 사람들이 대체로 젊어 보여 칠십 대처럼 보인 거지, 예전으로 치면 육십 대로 보인다. 내가 지금까지 본 사람 중 가장 상대적 동안이다. TV 프로그램, '세상에 이런 일이'에 제보하고 싶었다.

그는 기본 검사를 마치고 의자에 앉았다. 의자에 앉자 바로 다리를 꼬았다. 평소의 앉는 버릇이었나 보다. 그리고 상체를 살짝 숙인 채 무릎에 팔을 올려 핸드폰을 봤다. 눈도 침침해 보이지 않았다. 자세가 다리만 푼다면 로댕의 '생각하는 사람' 비슷한 느낌이다. 몸의 움직임이나 자세가 믿을 수 없을 만큼 가볍고 유연했다.

옆에 앉은 사람이 그에게 말을 걸었다.

" 되게 정정하세요. "
" 아. 예. "
" 깜짝 놀랐어요. 나이처럼 안 보여서. "
" 우리 첫째 누나도 살아계세요. 백 살 넘었어요. "

다들 귀를 쫑긋하며 그 사람의 말을 들었다. 둘째 누나는 삼 년 전 돌아가셨고 자신은 막내인 넷째라고 했다. 식습관이나 운동 여부를 물어봤을 때, "별거 없다."라고 했다. 내 옆에 있던 할머니는, "나보다 열 살이 많네. 어유~ 유전자가 장수 유전자인가 보다."라고 혼잣말처럼 부러움을 표현했다.

" 백 세! "

이제 '백 세 시대'라는 말은 식상할 정도로 익숙하다. 하지만 내가 어릴 때 '백 살' 하면 떠오르는 단어는 '기네스북' 이런 것이었다. 방송에 나올 수 있을 정도의 특별한 나이였다. 그러나 지금은 그 정도로 특별한 나이는 아니다. 특히 중간광고로 수도꼭지처럼 틀면 나오는 보험회사들의 부추김에 더욱 익숙한 나이처럼 되어 버렸다.

통계청 자료에 따르면, 2024년 3월 기준 국내의 100세 이상은 7,144명이다. 보험회사의 난리 치고는 적어 보이기도 한다. 하지만 2000년 80대 이상이 전체 인구수의 1%이었던 것에 반해 2024년에는 4.6%로 크게 늘었다. 2000년의 전체 총인구가 47만 명 정도였고, 2024년에는 이보다 늘어 대략 51만 3천 명이었다. 비율이 아닌 명수로 수치를 비교하면 훨씬 증가했다. 특히 눈에 띄게 90대의 인구가 늘었다.

주변에도 100세 이상은 극히 드물지만 90대 이상은 먼 친척 어르신까지 범위를 넓히면 찾아볼 수 있다. 건강한 모습으로 오랫동안 전국노래자랑을 진행했던 송해 씨도 95세에 별세했다.

인간은 100세를 넘기기가 쉽지 않다. 지구상의 모든 종은 살 수 있는 최대한의 수명을 의미하는 '자연 수명'이라는 것이 존재 하는 데 아무리 애를 써도 노화된 세포는 결국 죽어버리기 때문이다. 의술의 발달과 장수 유전자 그리고 개인적인 꾸준한 관리 등으로도 넘지 못한다.

그렇다면 인간은 얼마나 오래 살 수 있을까?

2016년 국제학술지 「네이처」에 실린 연구에 따르면, 알베르트 아인슈타인 의대 연구팀이 세계 41개국의 인구 수명 데이터를 기초로 분석한 연구 결과 인간 수명의 최대 한계는 115세이다.

하지만 일본 준텐도대학교의 의학자 시라사와 다쿠지 교수를 비롯한 많은 학자는 120년을 최대 수명으로 보고 있는데, 이는 염색체 끝에 위치해 세포의 수명을 결정짓는 텔로미어 telomere 의 최대 수명이 120년이기 때문이다.

이외에 미국과 러시아, 싱가포르 공동연구진이 2021년 국제학술지 '네이처 커뮤니케이션스'에 50만 명의 혈액세포 분석을 기반으로 조사한 것에 따르면, 120살에서 150살 사이라는 연구 결과를 내놓았다.

캐나다 맥길대의 지크프리트 헤키미 교수는 인간 수명의 한계는 계속 증가해서 2300년에 최대 150세까지 가능할 것이라고 했다.

기네스북에 기록된 세계에서 가장 오래 산 사람은 프랑스의 잔 루이즈 칼망인데 사망 당시 나이가 122살이었다. 그는 1875년생으로 1997년에 사망했다.
1875년은 조선의 26대 왕인 고종의 즉위 12년인 해이며, 1997년은 아이돌 그룹 S.E.S와 젝스키스가 데뷔한 시기이다.

인간도 짧게 사는 생명체는 아니지만, 지구상에는 인간보다 훨씬 오래 사는 존재들이 많이 있다.

어느 시대, 어느 문화권이나 장수를 꿈꾸며 이런 것들을 등장시켰는데 우리는 예부터 오래 산다고 믿어 온 열 가지를 '십장생(十長生)'이라 하며 그림 그렸다.

2023년 오스트레일리아 연방 과학원의 분자생물학자 벤저민 메인과 웨스턴 오스트레일리아대 연구진은 DNA를 분석해서 포유동물의 자연 수명을 계산해 냈다고 이를 학술지를 통해 밝혔다.
이 연구에 의하면, 핀타섬 거북의 자연 수명은 120년이었고 북극고래의 자연 수명은 268년으로 나타났으며 그린란드 상어는 400년 이상이었다.

오래들 산다.

" **똑**딱아! 안아 밖에. "

꿀잠 자고 있던 똑딱이가 1초 만에 내 앞으로 순간 이
동했다.

'안아 밖에'는 똑딱이가 세상에서 두 번째로 좋아하는 말
이다. '누구와' 다음으로 좋아한다. 빨리 안으라고 뒤로
돌아 등을 척 들이댄다.

밤 열 시가 넘은 늦은 시간에 산책하면 산책로에 사람
이 없다. 줄 매기를 싫어하는 똑딱이에게 자유를 만끽하
라고 가끔 이 시간에 나온다.
안아서 나온 후 산책로에 내려놓으면 엉덩이를 좌우로
빠르게 흔들면서 신나서 산책한다. 워낙 조용한 동네라
낮에도 사람이 없지만 저녁의 산책로는 나와 똑딱이의
개인 공간이 된다. 사우디 갑부 부럽지 않다.

그리고 우리가 나오는 시간보다 조금 더 늦은 시간에 나
오는 팀이 한 팀 있다.
바로 쫑이네다. 우리가 집으로 들어갈 때쯤 나온다. 똑
딱이는 밤 산책을 자주 하지는 않는데 쫑이는 거의 매일
나온다고 했다. 쫑이도 똑딱이와 같은 이유로 늦은 시간
에 나온다.

재작년 쫑이를 처음 봤을 때 개를 경계하는 똑딱이인데 둘 다 줄을 매지 않아서 놀란 나는 똑딱이를 확 안았다. 하지만 쫑이는 우리를 본체만체했다.

당시 쫑이는 열다섯 살이었다. 나이가 있는 개들은 똑딱이를 전혀 신경 쓰지 않았고, 자신에게 다가오지 않는 쫑이 덕분에 똑딱이도 평온했다.

밤 산책에 쫑이를 보면 좋았다. 우리 동네는 산 바로 아래라서 멧돼지를 쉽게 본다. 바로 눈앞에 나올 때도 많다. 한번은 밤눈이 어두워 잘 보이지 않았는데 바로 옆에 있던 적도 있다. 개들끼리 서로 경계하지 않으면 한 팀 더 있는 것이 마음이 편했다.

하지만 작년 내내 내가 병원에 입원해 있었고 요즘은 추워서 밤 산책을 못 하거나 일찍 하다 보니 통 못 봤다.

오늘은 평소보다 밤 산책을 늦게 나왔으니 볼 것 같았는데 내 예상이 맞았다.

좀 걷고 있는데 앞에 쫑이 견주가 오고 있다. 똑딱이는 내 옆에서 걷는데 쫑이는 견주 뒤에서 쫓아온다. 그래서 항상 맞은 편에서 오는 쫑이네는 견주가 먼저 보였다.

가까이 다가오고 우리를 알아본 쫑이 견주는 똑딱이에게 먼저 인사했다.

" 똑딱아. 오랜만이다. "

나도 쫑이에게 인사하려고 뒤를 봤는데, 없다.

" 쫑이는요? "
" … "
" 갔어요. "
" 하늘나라로. "

한 달 전쯤인 1월의 어느 날, 열일곱 살의 쫑이가 죽었
다. 작년에 암 때문에 많이 힘들어했다고 한다. 내가 아
픈 시간에 쫑이도 아팠나 보다.
쫑이는 급속도로 나빠져서 치료도 효과가 없었다고 했
다. 죽기 바로 전까지 함께 산책했다며 한 달이 채 지나
지 않은 지금은 견주 혼자 이 길을 걷고 있다.

" 너무 힘들어해서 보내줬어요. "
" 해줄 수 있는 게 그것밖에 없었어요. "
" 막 소리 지르고…. 너무 아파서…. "
" 심하게 아픈 건 삼일뿐이었어요. 그래서 다행이에요. "

쫑이는 안락사했다. 나중에는 참을 수 없을 만큼 아파해
서 견주도 매우 힘들었단다. 쫑이가 한 번도 그런 적이
없었는데 괴로움에 울부짖듯 크게 소리를 질렀고, 그때
결정했다고 한다.
무엇이든 해주고 싶던 견주는 쫑이를 위해 안락사를 시
켜줬다.

" **개**똥밭에 굴러도 이승이 낫다. "

 이 말은 건강할 때만 성립된다. 극심한 신체적 통증이나 심각한 장애에는 이 말을 쉽게 쓰지 못할 것이다.

 사람들이 바라는 것은 '오래 사는 것'이 아니다. '건강하게 오래 사는 것'이다. '장수'를 이룬 인간들이 정복해야할 다음 산봉우리는 당연히 '무병장수'이다.

" 건강하게 50살까지 vs. 아픈 몸으로 100살까지 "

 이런 질문을 받는다면 바로 대답하기 힘들 것이다. 아마 아픈 시기가 언제부터이고 어느 정도냐고 물어볼 것이다.

 삶의 질이 크게 파괴되면서 장수한다면 장수는 축복이아니라 저주에 가깝다.

 "노인들이 무서운 건 죽음보다 치매야."라고 노령자들이농담처럼 하지만 농담이 아닌 건 듣는 이도 말하는 이도안다.
 얼마 전 뉴스에, 노령화가 우리나라보다 앞섰던 일본의치매 인구가 700만 명이라는 보고가 나왔다. 우리나라도백만 명에 육박한다고 한다.

'양'과 '실' 모두 추구할 수 없다면 '모두 포기'를 선택하는 사람은 적지 않을 것이다.

회복 불가능한 상황에서 연명치료를 받지 않겠다는 '연명치료 거부 서약서'의 신청자는 매년 늘어나고 있다.

한국리서치가 2022년에 전국 만 18세 이상의 남녀 천 명을 대상으로 '조력 존엄사법 입법화'에 대한 조사 결과 찬성이 82%였다. 그리고 이듬해인 2023년 서울신문이 전국 성인남녀 천 명을 상대로 시행한 안락사 찬반 조사에서 찬성이 80.7%였다.

심각한 질환으로 통증이 심하며 호전할 수 없는 환자의 상태를 증명하면 외국인의 안락사를 받아주는 스위스 조력 사망단체에는 매년 한국인 신청자가 늘어나고 있다.

안락사는 편안할 '안(安)', 즐거울 '락(樂)', 죽을 '사(死)'로, 어울리지 않는 글자들로 이루어진 단어다.

안락사가 시행되는 국가들에서는 불치병으로 인한 통증과 고통을 멈추기 위해 시행되는데, 특정 국가에서는 정신적 고통도 포함된다. 단 이를 증명할 수 있는 의료기관의 문서가 필요하다.

안락사는 연명치료를 전면적으로 중단하는 소극적 안락사와, 의료진에 의해 약물을 투입하는 적극적 안락사로 구분된다.

조력자살은 본인의 의사가 개입될 수 있는 상황에서 의료진의 도움으로 약물을 투입하는 등 본인의 행동으로 진행되는 경우다. 스위스 단체의 안락사가 이에 해당한다. 자살이란 단어의 부정적 느낌으로 국내에서는 '조력존엄사'란 단어로 대체되기도 한다.

안락사 시행 방법에 따라 차이가 있고 또한 미국과 호주처럼 지역에 따라 시행 여부에 차이가 있다.

단순히 연명치료의 중단 이외에 약물을 투입하는 적극적 안락사나 혹은 조력자살이 법적 허용된 국가는, 2002년 세계 최초로 안락사를 합법화한 네덜란드를 비롯한 스위스, 벨기에, 캐나다, 룩셈부르크, 뉴질랜드, 스페인, 포르투갈, 콜롬비아 등이다.

그리스의 극작가 소포클레스는 이런 말을 했다.

" 죽음이 최악은 아니다. 죽기를 바라지만 죽지 못하는 것은 죽음 자체보다 나쁘다. (Death is not the worst : rather, in vain to wish for death, and not to compass it.) "

'웰빙'의 마무리는 '웰다잉(well-dying)'으로 하고 싶어 한다.

우리나라는 연명치료 거부 서약서를 작성하기는 하지만 의식이 남아있거나, 의료진의 소생 가능성 판단이 있다면 어떤 형태는 안락사는 법적으로 금지다.

국내에서는 2018년부터 소생 가능성이 전혀 없는 임종 과정에 들어선 환자에 한해서만 연명치료를 중단하는 존엄사만 허용하고 있다.

미디어는 '자살'을 '극단적 선택'이라고 표현한다. 이 단어는 어느 부분에 의미를 두느냐에 따라 느낌이 달라진다.

'극단적'이 더 이상 방법이 없다는 부정적 느낌일 수 있지만, 삶의 고통이 큰 사람들에게는 '선택'이란 단어에서 희망을 느낄 수 있다. 아직 자신의 의지가 영향력을 발휘할 '선택'이 남아있기 때문이다.

대중 상대의 안락사 시행 설문 조사를 보면 압도적으로 찬성이 많다. 오랫동안 의식이 전혀 없는 상황에 연명치료를 중단하는 것뿐 아니라, 의식이 있어도 심각한 통증과 고통을 억지로 참는 것을 멈추는 것도 필요하다는 의견이 많다.

이런 분위기에서 2022년 국회에서 처음으로 조력 존엄사 법안이 발의되기도 했다.

하지만 야기될 수 있는 여러 가지 문제로 허용은 적합하지 않다는 것이 전문가들의 의견이다.

우선 안락사는 타인의 상황이나 영향이 아닌, 전적으로 본인의 의지에 의해 시행되어야만 하기 때문이다.

예를 들어보면 다음과 같다.

[어떤 환자의 심각한 질병 때문에 오랫동안 많은 치료비와 병간호로 가족들이 힘들어하고 있다. 가족들도 이제 많이 지쳤다고 눈치를 준다. 환자는 죽고 싶지 않지만 더 이상 가족들의 희생에 마음이 불편하다.]

이 경우에 환자가 법적으로 가능해진 안락사를 선택해야만 하나 고민한다면 이 또한 죽음 앞에 '존엄'을 붙이기는 애매하다.

삶은 참 끝까지 어렵다.

8.

유

기

견

" 응 ? "

산책하던 똑딱이가 갑자기 멈춰서 주변을 두리번거린
다.

똑딱이 행동에 나도 멈춰서 뒤쪽을 봤다. 저쪽에서 자전
거가 천천히 오고 있다. 느린 속도로 달려오는 자전거 옆
에 목줄로 자전거와 연결된 개가 빠른 걸음으로 쫓아간
다. 둘 다 익숙한지 편안해 보인다.

스님과 송이가 저녁 산책 중이다. 늦은 시간에 등산로 입
구 부근에 오면 자주 본다.

송이는 도봉산 절에서 스님이 키우는 개다. 도봉산역 바
로 옆에 있는 공원인 창포원에 누군가 송이를 버리고 갔
었다. 3개월 정도 창포원에서 혼자 살던 송이를 스님이
거둬야겠다고 결심하고 동물병원에 데리고 갔는데 심장
사상충에 걸린 상태였다고 했다. 병원에서 오랫동안 치료
한 이후 6년째 절에서 스님과 함께 살고 있다.

송이는 사람을 경계한다. 개한테도 전혀 관심이 없다. 6
년째 밥을 주고 있는 스님이 밥을 주면 바로 먹지 않고
한참 경계했다가 먹는다고 했다.

약수역 근처 동물병원에 다닐 때도 언젠가부터 병원에 어떤 개가 계속 있어서 이 개는 누구 개냐고 물어봤더니, 주인이 수술을 맡기고 찾아가지 않았다고 했다. 상태가 심각했던 그 개의 치료비와 이후 양육을 책임지기 싫었던 것이다. 이후 그 개는 병원에서 기거하는 병원 개가 됐다.

유기견 보호소에서 일하는 사람의 인터뷰를 보니 키우던 개를 버리는 이유 중 '개가 아파서'가 많다고 한다. 병원에 데리고 갈 지출과 병간호의 수고를 하기 싫어서 생명을 버리는 것이었다.

뉴스에서 본 제보 영상인데, 한적한 고속도로에 잠깐 차가 서더니 개를 밖으로 던지고는 차 문을 닫고 속도를 높여서 간다. 개는 차를 뒤쫓아가지만 차보다 빠를 수 없는 개는 차를 놓치고 말았다. 하지만 주인의 차가 간 방향으로 개는 계속 뛰어간다. 차가 쌩쌩 지나가는 고속도로 위를 기를 쓰고 뛰어가는 개를 보니 분노와 슬픔이 같이 올라와서 영상을 보기 힘들었다.

휴가철에 유기견이 늘어난다고 한다. 특히 교외의 관광지에는 유기된 개가 많은데 개를 버리고 그 옆에는 알량한 책임감인지 사료와 물이 담긴 그릇을 함께 놓고 간다고 했다. 자기는 버렸지만, 사람들이 보고는 그 중의 누군가 데리고 가서 키우겠지 하면서 말이다. 그릇 옆에는 몽땅 버린 양심도 있었으리라.

세상에는 다양한 상황이 존재해서 어쩔 수 없는 때도 있기는 하다. 하지만 그 경우는 유기견의 숫자와 비교할 수 없을 정도로 적다는 것은, 99 다음에 100인 것만큼 확실하다. 아무리 생각해도 생명을 버리는 일은 이해하기 힘들다.

이런 궁금증이 들었다.

"키우던 개를 버리는 사람들의 심리가 뭘까?"

주변 사람들에게 물어보니 누군가 이렇게 말했다.

" 키우던 애도 버리는 사람들이 있는데 뭐. "
" 만약 불법이 아니고 눈치를 보지 않게 되면 꽤 있을걸. "

그래서 질문을 수정해서 다시 했다.

" 키우던 애나 개를 버리는 사람들의 심리는 뭘까? "

어떤 이는 이렇게 말했다.

" 강아지를 가지고 싶던 욕구를 해소하고 나니 이후의 생명체에 대한 책임은 지기 싫어서 버린 거지 뭐. 해줄 것은 많고 이제 더 이상 받을 것은 없으니 장사꾼 마인드로 버린 거야. "

" 지금 당장 자신의 고민인, '더 이상 키우기 싫은 것'을
해결하는 것이 급선무였던 거야. "

　우리는 어떤 행동을 할 때 그에 따른 결과를 고려하게
된다. 하지만 생명을 버리는 어처구니없는 행동은 결과에
'자기'만 있는 것이다. 즉, 버림으로써 일어나는 생명체가
겪게 될 피해는 전혀 고려하지 않고 있다.

만약 생명을 유기하는 것에 따른 굉장한 처벌이 있다면
자기가 해를 입지 않으려고 절대 버리지 않았을 것이다.

　노력에는 뭐든 보상이 있어야 한다고 생각하며 그렇지
않다면 '희생'이라고 생각하고는 자신은 희생할 수 없다
는 생각으로 유기하는 사람들도 있는 듯싶다.
　대가를 바라고 키워주는 것이 아닌, 함께 하기 위해 키
우는 것이었고 그래서 반려견이 기꺼이 동행해 줬던 것인
데 말이다.

　유기된 개들을 소중히 여기며 자기 반려견으로 입양해
서 버려진 아픔까지 보듬으며 키워주는 누군가가 있겠지
생각하면서 일말의 죄책감의 불편한 감정조차 느끼지 않
으려고 끝까지 자신만 생각하며 유기하는 사람들도 있으
리라.

똑딱이와 산책 중 도봉초등학교 앞쪽으로 가는데 마침 하교 시간인가보다. 아이들이 우르르 나온다.

발랄한 걸음의 아이들 등에 멘 가방 안에는 탈출하려는 듯 통통 튀는 마법 공이 들어 있는 것 같다. 학교를 마친 아이들의 소리가 생기롭다.

많은 아이를 보자 똑딱이도 신이 났다. 조금 더 힘을 내면 꼬리로 뜰 수 있을 것 같다.

똑딱이를 발견한 몇몇 아이들이 이쪽으로 몰려온다. "아 귀여워."하며 자신들이 많이 들었을 법한 말을 똑딱이에게 연신 쏟아낸다.

그러고는 눈으로 쓰다듬던 한 아이가 말한다.

" 만져봐도 돼요? "

아이들이 나에게 허락을 묻는다. 왜냐하면 내가 똑딱이 보호자이기 때문이다. 그리고 쉽게 건들지 못했던 것도 보호자인 내가 옆에 있어서이다.

또한 뒤에서 아이들의 부모들이 안심하며 지켜볼 수 있었던 것도 똑딱이는 보호자와 함께 있는 개이기 때문이다.

똑딱이를 조심스럽게 쓰다듬던 아이들은 한 발짝 뒤에서 기다리던 자신의 보호자들과 가벼운 발걸음으로 각자의 곳으로 갔다.

귀여움이 맘껏 내뿜어질 수 있는 필수 조건은 보호자의 존재이다. 보호자가 없는 귀여움은 '약함'이 드러나, 보장된 안전의 부재로 이어진다.

이는 귀여울 뿐 아니다. 아름다움이나 독특함 등 사람에게 품어져 나올 수 있는 모든 매력에 해당한다.
보호자의 존재는 자신에 집중해서 매력을 키우며 마음껏 발산하면서 만족한 삶을 추구할 수 있는 탄탄한 바탕이 된다.

반대로 보호자의 부재는 자신이 가지고 있는 매력을 쉽게 발산할 수 없는 상황을 만든다. 보호자 없는 매력의 발산은 안정감 없는 불안을 동반한다.
아직 미성숙한 경우나 혹은 보호받아야 하는 상황에서 보호자가 없다면 항상 방어하고 자신이 가지고 있는 매력을 발산하지 못하기 때문에 자신의 매력이 무엇인지 찾을 욕구와 여유가 없어지면서 나중에는 매력이 무엇인지 알 수 없게 된다. 그래서 자신을 더욱 사랑할 기회가 줄어들 수밖에 없다.

당사자뿐만 아니라 주변 사람들도 보호자가 없는 매력은 제대로 누릴 수 없다.

태어난 지 얼마 안 된 유기된 강아지들이, TV 프로그램 '동물농장'에 나왔다. 진행자들은 작고 꼬물거리는 귀여운 모습에 탄성을 질렀다.
하지만 바로 안타까움의 탄성으로 바뀌었다. 티 없이 맑은 귀여움과 동시에, 너무 어린 시기에 버려진 것에 동정이 함께 올라오면서 안쓰러운 불편함이 느껴졌기 때문이다.
보호받아야 할 대상들이 보호받지 못하면 당연함에 금이 가는 현실에 불편해진다.

보호자는 자신에게 집중할 수 있는 방어막이다.

병실에 새로운 환자가 왔다.

70대 후반의 결석 수술을 할 환자다. 그가 짐을 정리하고 환자복으로 갈아입으니 바로 간호사가 왔다. 수술 전 마취약 알레르기 반응을 위한 주사를 놓으면서 물었다.

" 보호자 어디 가셨어요? "
" 어. 아직 안 왔어요. "
" 언제 오세요? "
" 어…. "

할머니는 잘못을 취조받는 것처럼 주눅이 들었다. 할머니는 머뭇거리다가, "여긴 보호자 없어도 된다던데."라고 말했다. 그러자 간호사는, "할머니 연세도 그렇고 전신마취하는 수술이라 있어야 하는데." 라고 했다.

간호·간병 병동이라 보호자가 없어도 됐지만 고령의 환자들은 일반적으로 보호자가 함께했다. 병원 측도 보호자가 있는 것이 수월했기 때문에 외부로 자유롭게 나가지 않는다는 전제하에 한 명의 보호자를 허락해 줬다. 솔직히 허락이라기보다 당연시하고 요구하는 분위기가 더 컸다.

할머니는 알겠다고 말했고 간호사는 탁탁 소리를 내며

나갔다. 좀 있다가 할머니의 통화 소리가 들렸다.

 몇 분 뒤 간호사는 주사액 반응을 검사하러 와서 다시 보호자에 관해 물었다. 할머니는 손주가 하필 오늘 팔이 부러져서 아들과 며느리가 오지 못할 것 같다고 했다.

 간호사는 수술 당일에는 보호자가 있어야 할 것 같다고 말하며 나갔다.

할머니는 동생과 지인에게 수술 날 잠깐 올 수 있냐고 통화를 했다. 작은 소리로 말했지만, 조용한 병실 안에서 얇은 커튼 사이로 통화 소리는 그대로 들렸다.

할머니는 수술 걱정보다 보호자가 없는 것을 더 신경 썼다. 입원 수속 할 때부터 보호자는 어디 갔냐고 물어봤을 것이고 병실에 올라와서도 간호사가 계속 찾아댔으니.

 수술 당일, 수술실에 들어가기 전에 할머니는 동생에게 전화로 병원에 들를 수 없냐고 물었다. 들리는 통화 내용을 들으니, 확답은 못 했지만 올 수 있을 것 같은 분위기다.

 간호사가 들어와서 할머니를 보고 스타킹 신었냐고 물어봤다. 결석 환자들은 수술실 들어가기 전에 스타킹을 신어야 한다.

할머니가 지금 신으려고 한다니깐 버럭 화를 내며 왜 아직 신지 않았냐고 소리친다. 놀란 할머니는 큰 실수를 한 것처럼 주섬주섬 신는다.

 당연한데, 어느 집단이든 친절한 사람과 불친절한 사람

이 있다. 개인적으로는 눈물이 날 정도로 고마웠던 간호사도 있었다.

 옆에서 뭐라 하려 했지만, "내가 뭐라고, 보호자도 아닌데."하며 주춤해졌다. 그리고 "뭐라 하면 할머니가 더 불편할 수도 있겠다."라고 생각해서 조용히 있었다.

 지난주에 퇴원한 환자는 치매가 있었는데 갑갑하다며 팔의 주삿바늘을 함부로 뺐다. 그러자 간호사가 소리치며 혼내는 듯이 말하자 그 환자의 보호자인 딸이 크게 화를 냈었다. 그다음부터는 딸의 눈치를 보면서 소리치며 말하지 않고 조심했다. 같은 간호사였다.
그 할머니에게도 뭐라 해줄 보호자가 있었으면 좋았겠다는 생각이 들었다.

 곧이어 수술실로 데려다주는 침대 미는 사람이 와서 할머니 이름을 불렀다. 할머니가 침대에 눕자 그 사람은 보호자 어디 갔냐고 물었고 할머니는 없다고 답했다.

 할머니가 수술실로 가고 좀 있다 할머니 자리에서 '띠딕'하고 문자 오는 소리가 들렸다. 그리고 한참 있다가 또 '띠딕' 하고 문자 오는 소리가 났다.

 수술에 들어간 할머니 가족들이 걱정돼서 문자를 보낸 것 같았다. 수술 중이라 전화는 못 받을 것이라 우선 문자로 보내놓은 듯싶었다.

 그리고 한참이 지나 우리 병실 앞쪽으로 할머니를 누인

침대가 드르륵 바퀴 소리를 내며 온다. 침대를 밀던 그는 우리 병실 앞에 오자, 큰 소리로, "○○○님 보호자분!"하고 보호자를 찾는다.
아무 소리가 없자 더 큰소리로 다시 불러 찾는다. 그러자 마취가 덜 풀린 할머니는 있는 힘을 짜내어 말했다.

" 보호자 없어요. "

 할머니가 자리로 왔다. 잠을 들려고 해서 병실에 있던 환자들이 할머니에게 말을 걸었다.
고령일 경우, 마취 가스가 몸에서 다 빠져야 해서 잠들지 않게 하려고 자꾸 말을 걸었다. 그래도 잠들려고 했다. 그때 문자 온 것이 생각났다.

" 아! 아까 문자 두 통 왔어요. "
" 가족들인갑네. "
" 언제 도착하는지 보냈나 보네. 병실 호수 알려줬죠? "
" 핸드폰 꺼내드릴까요? "

 할머니를 깨우려고 노력 중인 환자들은 할머니를 깨울 거리가 생겨 문자 보라고 했다. 환자 중 한 명이 가서 할머니 침대 옆 서랍에 있던 핸드폰을 꺼내줬다.

 할머니는 힘겹게 팔을 들어 핸드폰 문자를 봤다. 글이

긴지 한참을 쳐다봤다. 옆에 다른 환자가 말했다.

" 올 수 없고 하니 걱정돼서 문자했나 보다. 수술 중이라 전화 못 받을 거니 수술하고 보라고. "

할머니는 우리에게 또박또박 문자 내용을 읽어줬다.

" OOO님 수술 들어갔습니다. "
" OOO님 수술 끝났습니다. "

보호자에게 가는 문자가 할머니에게 왔던 것이다. 보호자란에 연락처를 적지 않았던 할머니의 수술도 누군가에게는 보내야 했던 병원은 할머니에게 문자를 보냈다.

두 통의 문자는 두통을 유발했는지 할머니는 갑자기 머리가 어지럽다고 했다. 나는 금식해서 그렇다고 말해줬다.

할머니는 아팠던 것 보다 보호자를 자꾸 찾아대는 병원이 더 불편했었다고 말하며 퇴원했다.

어린 조카가 자기 과자를 똑딱이에게 주려고 해서 내가 안 된다고 말했더니 단호한 내 말투에 기분이 상했는지 뾰로통한 얼굴로 나에게 물었다.

" 이모는 나랑 똑딱이랑 물에 빠지면 누구 먼저 구할 거야? "

나는 망설임 없이 답했다.

" 이모는 누굴 구할 정도로 수영을 잘하지 않아. "

[나와 OOO가 물에 빠졌을 때 누구를 먼저 구할 거야?]

이 질문을 할 사람이 있고 또한 그 사람이 특정한 이를 바로 답할 수 없을 것으로 예상되는 경우, 질문에 나온 존재들은 세상에 보호자 역할을 할 사람이 있다는 증거이다. 이때 보호자 역할은 꼭 질문받은 사람에 한정된 것은 아니다.
이 질문을 당당하게 한다는 것은 자신은 힘들 때 보호받아야 한다는 인식이 있다는 증거이다.
또한 누군가와 비교하며 물어본다는 것은, 세상에는 자신처럼 소중한 존재들이 있다고 인식하기 때문이다. 즉, 힘들 때는 보호받는 것이 일반적이고 당연하다는 사고가 있다.

하지만 자신이 들어간 이 질문에 대답을 주저할 사람을 절대 찾을 수 없는 경우, 또는 이 질문을 할 사람이 없을 때는 세상에 혼자라는 느낌과 함께 할 때이다.

세상에 내가 힘들 때 나를 보호해 줄 누군가 있다는 믿음은 자신이 소중하다는 생각을 확고하게 하며 무너지지 않는 탄탄한 장벽을 만든다. 그리고 그 장벽은 마음에 공간을 만들어 여유를 생기게 한다.
그러나 반대의 경우, 즉 자신을 보호해 줄 대상이 없다고 느낄 때는 타인에 대한 배려나 고려보다는 방어에 집중하게 된다. 기댈 곳 하나 없이 사방이 트인 허허벌판에 놓인 상황에서 여유는 만들어지지 않는다.

조카가 재차 물었다.

" 아니, 진짜로! 이모가 수영 잘한다고 치면 누구 먼저 구할 거야? "

나는 잠시 생각하고 대답했다.

" 이모가 물로 들어가면 네가 똑딱이를 안고 이모 어깨를 밟고서 뭍으로 나와. "

조카는 내 말이 농담인 줄 알고 웃었다.

친구와 이것저것 이야기하다 유기견 문제에 관해 이야기했다.

내가 끝까지 책임지고 키우지 못할 확률이 높으면 처음부터 키우지 말았어야 한다고 했다. 그러자 가만히 듣고 있던 친구가, 죽은 사람의 집을 치우는 직업인 사람이 쓴 책에서 읽은 내용이라며 말해줬다.

원룸에서 혼자 살던 젊은 여성이 리트리버를 분양받았단다. 가족과의 관계도 서먹하고 친구도 없던 그녀가 삶을 위한 노력으로 함께 살 반려견을 분양받으려 했는데 착하고 듬직한 리트리버를 선택한 것 같다고 했다.

열심히 산책도 시키고 했겠지만 끝내 작은 원룸에서 반려견이 지켜보는 가운데 자살했다. 원룸 주인에 의해 한참 만에 발견된 그녀 옆에는 입구를 열어젖힌 커다란 사료 포대가 있었고 사료 먹는 것 외에 할 수 있는 일이 없던 리트리버는 꽤 오랫동안 움직임 없이 사료를 잔뜩 먹어 살이 비정상적으로 찐 상태였다고 했다.

주인의 썩는 모습과 냄새를, 꽉 막힌 좁은 원룸에서 반려견 혼자 감당해야 했다. 이후 집을 치우던 사람의 지인이 이 리트리버를 입양했지만, 나이가 많지 않음에도 얼마 가지 않아 죽었다고 했다.

친구는 이런 경우 자신이 죽기 전에 반려견을 다른 곳으로 입양 보내던가 차라리 시설에 맡기거나 아니면 새

벽녘에 친절하다고 소문난 동물병원 앞에 끈으로 묶어놓았으면 차라리 좋았을 것이라고 했다. 그것이 반려견에게 그나마 기회의 가능성이 있다고 했다.

그러고 또 다른 얘기를 했는데, 개를 너무 좋아하고 가족을 가지고 싶은 소원에 혼자 사는 누군가가 개를 입양했다. 하지만 종일 밖에 나가 일을 해야 했던 견주는 하루 종일 반려견을 좁은 집에 혼자 둘 수밖에 없었다. 그 견주는 처음에는 주말마다 산책시켜 주고 평일 저녁에는 많이 놀아줘서 별로 신경 쓰이지 않았지만, 반려견과 정이 쌓이니 불편해졌다고 했다. 항상 산책시켜 주고 넓은 집에서 가족 구성원도 여럿 있어 다수의 보호자 틈에서 잔뜩 사랑받고 크는 강아지들을 보니, 자기 반려견에 대한 미안함과 동정이 불어나서 더 이상 자기가 키우지 않는 편이 낫겠다고 생각했단다. 그래서 인터넷의 강아지 입양 사이트마다 자신의 사랑스러운 개를 입양할 행복한 가정을 찾고 있었다고 했다.

친구는, 모든 사람이 그런 것처럼 자기 삶의 만족을 위한 노력의 하나로 원하던 '반려견 입양'을 했지만, 반려견에게 좋은 상황이 아님을 깨달았을 때는 그냥 놔두는 것보다 입양 보내려고 노력하는 편이 더 책임감 있는 행동 같다고 했다. 영재를 발굴하는 프로그램에서 뛰어난 피아노 실력을 갖춘 아이가 나왔는데, 짧은 시한부 판정을 받은 그의 엄마가 경제적 형편과 자신의 건강 상태를 언급하며 아들을 입양 보내고 싶어 했는데 그 모습이 책임감 없게 보이지 않았다고도 했다.

약간의 시간을 두고 생각하던 친구는 이렇게 말했다.
자신도 어릴 때 다른 집으로 입양 갔으면 좋았을 것이라고.

일로 바쁘던 아버지는 이해하지만, 모성애가 전혀 없던
자기 어머니는 이해할 수 없다고 했다. 어렸을 때는 세상
에는 고아도 많은데 부모님 두 분 다 살아계시면서 만족
하지 못하는 자신을 못된 아이라고 생각했는데, 나이가
들어 결혼하고 아이 낳고 살면서 어머니를 더욱 이해할
수 없게 됐다고 말했다.
그리고 '친정엄마'라는 영화를 보고 한참을 울었다고 했
다. 다른 집 엄마들은 저렇구나 비교하면서.
친구는 자신이 어렸을 적에 사랑받으면서 컸으면 좋았을
것 같다고 덧붙였다.

성인이 돼서 부모를 원망하는 것은 미성숙과 성숙의
문제보다 채워지지 않은 결핍의 문제 같다. 그래서 나무
라거나 혹은 위안을 주거나 모두 도움이 되지 않는다.

나는 친구에게 뭔가 말해주고 싶었지만 쉽게 입이 떨어
지지 않았다. 그래서 세상에서 가장 맛있는 것 먹으러 가
자고 했다. 친구는 그게 뭐냐고 물었고 나는 배고플 때
먹는 것이라고 말하면서 일어났다.

유기견들은 구조된 후 적정기간 안에 입양할 사람이 나타나지 않으면 안락사된다.

개를 사랑하는 넉넉한 상황과 마음을 가진 가정에 입양되면 좋지만, 실상은 쉽지 않다. 게다가 유기되어 보호시설이나 개인에게 구조되기 전에 험한 꼴을 당하거나 목숨을 잃는 경우도 허다하다.

보호자란 보호막이 없어진 개들은 허기를 채우고 마른 목을 적시며 추위나 더위를 피해 살아가기에 너무나 약하다.

'세상'의 가장 큰 특징은 믿을 수 없다는 것인데 로또 같은 행운을 바라며 안전하게 바로 좋은 가정에 입양되겠지 하면서 유기하는 것은 불안 그 자체이다. 혹은 여기보다는 날 거라고 하며 다른 곳에 입양 보내는 것도 누구도 장담할 수 없다.

과거 전쟁 여파로 우리나라의 경제적 사정이 좋지 못했던 당시, 적지 않은 아이들이 해외로 입양되었다. 실종아동이나 고아 이외에도 가정이 있어도 국외로 입양된 경우가 많았다.

끼니를 걱정할 정도로 경제적으로 힘든 가정 상황에 잘 사는 나라로 가는 것이, 남은 가족이나 보내지는 아이 모두에게 나은 선택이라고 생각하며 입양 보낸 경우이다.

하지만 이후 입양아들이 성장해서 커뮤니티를 만들어 그들의 의견을 내놓았을 때, 대부분 입양 후 이방인으로 힘든 삶을 보냈다고 했다.

그래서 자신을 입양 보낸 것에 대해 이해보다는 원망이 많았다. 밥을 못 먹더라도 기존 가정에서 버티면서 살았다면 나았을 것이라면서 말이다.

모두가 더 나은 상황이 되는 경우는 말 그대로 행운이다. 행운은 있기는 하지만 자주 오는 것이 아니기 때문에 이를 믿고 행동한다면, 돈 없이 부동산 계약해 놓고 로또를 왕창 사보는 것과 별로 차이를 못 느끼겠다.

사랑이라는 것이 뭘까.

만약 자기 반려견 혹은 자식을 아주 어렸을 때, 이해심 많고 활기차며 사회적 위치도 높은 부모가 있는 유복하고 화목한 가정에 입양 보낼 수 있다고 하면 어떤 선택을 할까.

사랑하기 때문에 보내는 편이 낫다고 생각할까 아니면 사랑하기 때문에 부족하더라도 자신과 함께하는 편이 나을까.

처한 상황에 따라 다르겠지만 '사랑'과 어울리는 선택은 자신과 함께 있을 때 같다. 사랑이 자신보다 상대를 먼저 생각하는 이타적인 마음으로 인식되지만, 자신과 상대를 한 팀으로 묶은 이 팀을 사랑하는 것이 사랑 아닐까 한다.

서로를 아끼는 마음에 공감하고 감정을 교류하면서 운명을 받아들이고 부족함을 채워가는 것, 이것이 사랑에 좀 더 가깝지 않을까 싶다.

사실 정말 힘들 때는 '사랑'이고 '타령'이다. 팀이고 뭐고 버틸 힘조차 없을 때가 있다. 이때는, '괜찮아질 거야. 힘을 내' 이런 말은 상황을 이해하지 못한 것 같아 짜증이 나기도 했다. 상태가 심각할 때 나에게 전공의가 했던, "매우 힘드실 것 같아요."라는 말이 힘든 상황을 알고 이해해 주는 것 같아 위로됐다.
하지만 순간의 위로가 아닌 버티게 했던 것은 가족과 주변의 보살핌, 그리고 그들에 대한 나의 믿음이었다. 버팀의 힘은 결국 사랑이다.
수술에 들어가기 전에 영상통화로 "힘을 내!"라고 말해주는 가족들, 그 옆에서 멍멍 짖던 똑딱이까지, 나는 그들을 보고 나서 웃으면서 수술실로 들어갈 수 있었다.

까짓 한번 해보고 안 되면 그때 생각하자란 용기가 생겼다. 나와 그들, 이 팀을 위해.

사랑은 버티게 해주는 힘이 되어 상대와 나를 위해, 지금보다 나은 상황에 대한 열망과 열정을 만들어 준다. 지금은 힘들어도 서로를 위한 시간이 지나면 사랑의 한 팀은 점점 더 나은 상황이 될 것이라 믿는다.

9.
트
라
우
마

" 어! 못 보던 아이네요. "

저녁에 항상 시츄 두 마리를 데리고 산책하던 견주가 오늘은 리드줄을 찬 시추 두 마리와 함께 유모차에 태운 뉴페이스 시츄를 데리고 나왔다.

" 네. 최근에 구조됐어요. 아직 산책이 어색해서 유모차에 태워 적응 중이에요. "

기존의 시츄 두 마리와 달리 이번에는 유기견을 입양했다고 한다. 사랑스러운 반려견들을 키우면서 시츄에 대한 각별한 애정이 생겼는데, 자기 반려견들과 똑 닮은 시츄를 보고 지나칠 수 없어 가족들과 상의 후 데리고 왔다고 했다.

정말 크기와 생김새가 매우 닮았다. 기존 두 마리도 데칼코마니였는데 이번에 새로 입양한 아이도 덩치뿐 아니라 얼룩의 무늬나 컬러 톤이 완전히 똑같다.

내가 삼 형제 같다고 하니 자신도 처음에 보고 너무 닮아서 놀랐다고 했다.

" 얘도 순해 보여요. "

견종 특성상 시츄들이 수더분한 성격이 많은데 그 집 반려견들은 견주를 닮아서인지 특히 순했다. 유모차에 조용히 타고 있는 모습을 보고 내가 이야기하자 견주가 표정이 무거워지며 말했다.

" 뭘 들면 숨어요. "

사랑으로 보듬어야지 하는 생각으로 데리고 왔는데 예상치 못한 일들이 있다고 했다.

세탁소에 옷을 맡기려고 옷장에서 옷을 빼다 옷걸이를 손에 들었는데 그 모습을 보고 꼬리를 팍 내리고는 몸을 움츠린 채 정신없이 허둥지둥하면서 숨으려고 하더란다. 자신의 기존 반려견들은 옷걸이를 들면 겉옷 입고 밖에 나가는 줄 알고 신나는데 예상하지 못한 반응이라 자기도 놀라고 놀라게 해서 미안했다고 했다.

그리고 작고 그 어떤 해도 없는 존재가 손에 든 옷걸이를 보고 벌벌 떨면서 무서워하는 모습을 보고는 눈물이 났다고 했다.
무엇을 경험했는지 모르기 때문에 훨씬 더 신중하고 유심히 살펴봐야 한다고 그 견주가 말했다.

비슷한 나이에 닮은 외모지만 그 안에 경험은 완전히 다르다.

212

오래전 외국 영화에서 본 장면인데, 은퇴한 야구 선수가 시골의 작은 마을에 가서 야구를 가르치려 그곳의 학교를 방문했다.
시범을 보이려 야구 방망이를 들었는데 신이 난 아이들 틈에 갑자기 움츠리며 겁먹은 아이가 있다. 이후 뭔가 수상함을 직감한 야구 선수가 정황을 알아보니 아이는 집에서 학대받고 있었다는 줄거리였다.

　꾸미는 것을 하지 못하고 그대로 드러내는 아이들과 개들은 경험에서 쌓인 기억들이 몸에 남아, 이후 비슷한 상황에서 기억에서 느낀 감정들이 올라오면서 숨기지 못하고 반응하게 된다.
옷걸이를 보고 신이 나서 방방 뛸 수도 있고, 무서워서 벌벌 떨 수도 있는 것처럼 말이다. 같은 대상이 좋은 기억일 수도, 혹은 두려움을 유발하는 대상일 수도 있다.

　얌전히 유모차에 타고 있던 시츄에게 내가 평소에 그 집 반려견들에게 느낀 '순하다'는 느낌을 받았지만, 상황을 알고 보니 순하다는 것과는 완전히 다른 위축됨이었다.

　'순하다'는 말의 사전적 뜻은, '성질이나 태도가 까다롭거나 고집스럽지 않다'이다. 그 집의 반려견들은 주위의 반응에 그다지 신경을 쓰지 않았다. 여행을 가도 잘 놀고

213

푹 자며 사료나 간식도 어떤 것을 줘도 잘 먹고 게다가 탈이 나지 않는다고 했다. 그 집 반려견들은 순했다.

 주변 환경의 변화에 민감하고 위축됐던 새로 온 반려견은, '무섭거나 부끄러워 기세가 약해지다'의 의미인 '주눅 들다'와 가깝다.

하지만 겉으로는 모두 순해 보였다.

 사람들은 상대가 무던해 보이고 순해 보여서 실수할 때가 있다. 이 정도 농담은 괜찮겠지 하면서 던지면 단단하고 순한 성격일 경우 괜찮지만, 알고 보니 깨질 것 같은 여린 상황이었다면 상처받을 것이다.

상대방이 순해 보이면 특히 조심해야 한다.

개들의 행동 솔루션을 제시해주는 TV 프로그램에, 주인에게 집중한 나머지 주변 사람들을 공격의 대상으로 여기는 개가 나왔다. 주인을 독점하려는 욕구가 강한 개였는데 특히 이 개는 공격성이 있어 몇 번 파양된 경험이 있었다.

우리는 살면서 많은 노력을 한다. 주로 자신의 만족스러운 삶을 위해서인데 개나 사람이나 마찬가지다. 하지만 여러 번 파양되는 개들은 '버림받지 않으려는 노력'에 몰두한다고 했다. 계속 버림받으면서, 삶을 버티는 방법으로 스스로 터득한 살아가는 길인 것이다.
그러나 한 명의 주인에게 집중하면서 문제가 발생하고 삶은 계속 엉망이 됐다. 대부분 좁아진 시야는 관계를 더 꼬이게 만든다. 삶의 남은 애착은 노력하게 하지만 즐거움이 아닌 생존을 위한 노력은 자신과 모두를 지치게 할 수밖에 없다.
어떤 개는 분리불안 증세가 심각했는데, 주인이 나가면 문 앞에서 끊임없이 짖으면서 최선을 다해 집을 어지럽혔다. 주인이 집에 있으면 하지 않던, 대소변을 집 여기저기에 함부로 싸는 이상한 행동도 했다.

그 개도, 짖고 집을 어지럽히는 것이 주인의 마음에 드는 행동이 아닌 줄 안다. 하지만 삶의 즐거움이 아닌 우선 삶을 버텨야 하므로 선택할 수밖에 없는 행동이었을 것이다.

버려져 새 가정에 입양됐지만 적응하지 못하는 개들을 보면 사람들은, 왜 저렇게 이상한 행동을 하지 하며 안타까워한다.

이상한 것은 정상이 아닌 아프다는 것이고 아프다는 것은 약하다는 것이다. 뭔가 잘못되고 이상하고 자신의 약함이 드러나지만 버티기 위해 할 수 없다.

개들끼리 만나 경계하는 경우 힘이 약한 개가 짖는다. 개들끼리는 이것을 안다. 그래서 옆에 주인이 있다면 주인을 믿고 의지하면서 짖는 것이다. 옆에 주인이 없다면 짖기보다 수그리거나 피하는 것을 택한다. 그래서 힘이 약한 개가 의지할 곳 없는데 짖는 경우는 훨씬 더 많은 것을 내어놓고 대응하는 것이다. 두려움이 커지지만, 짖는 것밖에 할 수 없기 때문이다.
이제는 버려지지 않는다는 믿음을 주면 여유가 생기면서 넓어진 시야로 생활은 원활해지지만, 여러 번 배반한 세상을 믿기는 쉽지 않다.

아픔이 있는 경우의 행동은 이상해 보이기 쉽다. 또한 사람들은 이상한 행동에 대한 이유가 궁금하기보다 이상한 행동에 불편해진다. 그래서 "왜 저래?"보다는 "왜 저래!"가 된다.

우리는 대부분, 누군가의 아픔을 피하기 위한 노력보다 아픔에 주목하기 때문에 노력은 잘 보이지 않는다. 그래서 일반적이지 않은, 아픈 상황을 보게 되면 이상하다는 느낌을 받게 된다.

정신적으로 이상이 있는 사람들이 좋아하는 색이 보라색이라는 말이 오래전부터 있었다. 정신질환이 있던 화가 에드바르트 뭉크도 병으로 힘든 시기에 보라색을 많이 사용했다. 뭉크의 작품 '절규'에도 그림의 맨 앞에 비명을 지르고 있는 사람은 보라색 옷을 입고 있다.

따뜻한 계열인 빨간색과 차가운 계열인 파란색 두 색 모두를 가지고 있는 보라색은 빛이 없는 검정과 달리 유채색이면서 무게감이 있어 안정감을 준다.
전문가들에 따르면, 정신질환이 있는 사람들이 보라색을 자주 사용하는 이유는 불안한 심정을 눌러주기 위해 차분해질 수 있는 색상을 선택하는 것이라고 한다.
즉 보라색은 선호라기보다 선택이었다. 정상의 시선으로 보기에 비정상의 선호라고 가볍게 느낀 것이 사실은 힘든 상황을 위해 노력하고 있는 선택이었다.

입원했을 때 말이 많아졌던 적이 있다. 평소에 말수도 적고 특히 모르는 사람들과 대화하는 것을 불편하게 느껴 필요한 경우가 아니면 먼저 말을 걸지 않는 성격이던 나는 입원실의 수다쟁이가 됐다.

간호사가 들어와도 괜히 말을 걸었다. 바쁜 의료진에게 말을 걸어봤자 편하게 노닥거릴 수 없어 대충 응수해 주는 것을 느끼면서도 눈치 없게 자꾸 말을 걸었다. 말하는 당시에 나도 내가 이해가 안 됐다.

객관적으로 그때 상황을 생각해 보면, 아픈데도 의연하게 하는 느낌이 아니라, 심각한 상태로 큰 수술을 앞두고 있는데 왜 저렇게 실없는 말을 하나 제정신인가 이런 생각을 했을 가능성이 훨씬 크다.

하지만 수술을 마치고 나는 바로 나로 되돌아왔다. 수술을 받아도 상황은 좋아지지 않았지만 나는 내가 됐다.

잠시 성격이 바뀌었던 것이 방어기제 같은 것인가 하는 생각이 들었다. 나는 덜 아파지려고, 덜 무서워지려고 노력하고 있었나 보다.

그때 같은 병실을 사용했던 할머니가 있었다. 내가 떠드는 것을 잘 받아주던 할머니였다. 그 할머니는 처음 병실에 왔을 때 내 침상 쪽으로 와서 입으로 똑똑 소리를 내며, "같은 방 사람들끼리 인사하고 지내요."하며 웃으며 말하던 것이 첫인상이다.

병실 사람들은 팔에 주사를 꽂고 소변줄이나 피 주머니 등 주렁주렁 달면서 다들 어딘가 아파 보였지만 그 할머니는 며칠이 지나도 아무것도 차지 않았다.

이어폰을 끼고 종일 누워서 유튜브를 보던 내 맞은편에 있던 환자가 부스스한 머리를 손으로 누르며 상체를 앞으로 내면서 할머니에게 어디가 아파서 오셨냐고 물어봤다.

" 너무 간지러워서 왔어요. "

피부병이면 이곳으로 왔을 리가 없으니 알레르기나 중독 증세인가 했다. 하지만 환자들 앞에서는 긁은 적이 한 번도 없었다.
할머니는 이것저것 검사를 했지만 그게 다였다. 의사가 회진 오면 '간지러워 죽겠어요.'라고 말하면서 여기저기를 심하게 벅벅 긁었다. 그리고 의사가 가면 긁는 것을 멈췄다.

할머니는 밝아 보였다. 코로나 시국이었던 때라 병문안은 못 오지만 손녀가 자주 전화를 걸었고 할머니는 여느 할머니와 달리 재치 있고 유쾌하게 손녀와 통화를 했다. 그리고 식사 시간이 되면 일찌감치 일어나 앉아 여기 밥이 너무 맛있다고 하면서 깨끗하게 비웠다.

할머니는 요양원에서 왔다. 그곳에서 십 년 가까이 살고 있다고 했다. 움직이는 데 무리가 없는 등 생활이 원만해 보이는데 요양원에 있는 이유가 뭔가 싶었다. 그때 누군가 "왜 요양원에 들어가셨어요?"라고, 물었다.

그러자 할머니가 답했다.
" 미쳤었으니깐. "

할머니는 보이스피싱 피해자였다. 할머니의 계좌 비밀번호가 노출돼서 지금 바로 통장에 잔금을 남기지 않고 현금으로 찾아 집에 보관했다가 나중에 다시 입금하라고 했단다. 다른 계좌로 보내는 것도 아니니깐 괜찮다고 생각했고 비밀번호 노출됐는데 그대로 두는 것이 더 불안했다고 한다. 돈을 찾아 집으로 돌아오는데 집 앞에서 미리 기다리고 있던 일당이 할머니의 가방을 빼앗아 달아났다. 집 주소와 연락처를 알고 작업했던 것이다. 경찰서에 신고하고 하루도 빠짐없이 경찰서를 찾았지만, 중국으로 도망가서 찾을 수 없다는 말만 들었다고 한다.

학교 앞 건널목에서 등하교 학생들을 위해 안전대 올리는 일을 십 년 넘게 하면서 아끼며 저축한 돈 천칠백만 원이 한 번에 사라졌다.

자식들에게 말할 수 없어 끙끙 앓다 보니 화병이 나 있더랬다. 소리를 지르고 제정신이 아니니 자식들이 요양원에 보낼 수밖에 없었다고 했다.

" 지금 괜찮아지셨으니깐 다시 집으로 들어가시면 어때요? "

" 이제 혼자 살던 빌라도 없어. 돈도 없고 몸도 다르고. 요양원이 식대랑 다 합쳐서 한 달에 20만 원인데…. 못 나가지. 예전 집 근처에 맨날 가던 시장이랑은 가고 싶기도 한데. "

" 요양원에 다시 들어가기 싫어. 병원 밥이 훨씬 맛있네. "

병실에 있던 사람들은 자신들이 알고 있는 나쁜 말을 총동원해서 보이스피싱 사기꾼을 저주했다.

아픔은 아픔으로 위로해 줘야 한다고 생각했는지 내 맞은편에 있는 환자가 대뜸 말했다.

" 나는 술도 안 먹었는데 간이 썩어 있었어요. 이식받기에는 위치가 위험해서 뭘 하기도 그런가 봐요. 나는 언제 죽어도 이상하지 않데요. "

나도 할머니를 위해 뭔가 말해야 할 것 같았다.

" 저는 올해만 전신마취 하는 수술을 여섯 번 받았어요. 6
년 전에 의료사고로 수술기구의 외부 염증으로 시작돼서
지금까지 고생이에요. 이식수술 받았는데도 상태가 안 좋
아서 후유증으로 중증장애인이 됐어요. "

나는 짧게 브리핑했다.

 병실에서 가장 상태가 좋은, 신장하나를 땐 환자는, "어
머, 어머."를 연발하며 환자들을 안타까워했다. 우리는 그
렇게 서로를 위로했다.

그리고 일주일이 지나기도 전에 할머니는 다시 요양원으
로 돌아갔다.

움직임이 힘든 나를 위해 가족들은 입원과 동시에 외부의 전문 간병인을 붙여줬지만 잠이 많은 나의 간병인과 달리 잠이 없는 나는 저녁에 불편했다.

간병인이 초저녁에 바로 잠들기 때문에 화장실에 갈 때도 간병인의 침대 때문에 주사액이 매달린 바퀴 달린 주사 대를 빼기도 불편하고 곤히 잠들고 있는데 깨우기도 그랬다.

그래서 간병인이 일찍 잠들려고 하면 나는 잠시 휴게실에 앉아 있겠다고 하고 같은 층에 있는 휴게실에 앉아 뉴스를 보곤 했다.

저녁 시간에 들어오는 사람들이 정해져 있다가 보니 며칠 지나서 서로 이야기하게 됐다. 병원의 환자들은 상태가 제각각이다. 잠시 있다 멀쩡해져 나가는 환자들도 있고 나처럼 퇴원해 봤자인 사람도 있다.

하지만 휴게실에 앉아 있던 사람들은 다들 상태가 좋지 않은 사람들로 모이게 됐다.

다들 신세 한탄 같은 이야기를 하던 중 한쪽 눈에 안대를 한 환자가 들어왔다. 소변줄도 없고 피 주머니도 없고 머리에 기름도 안 낀 환자다. 물어보니 백내장 수술했다고 한다.

백내장 수술은 이틀에 걸쳐 양안을 하는데 둘째 날 수술하고 바로 퇴원한다. 입원환자 중 가장 간단한 수술 중 하나다. 환자란 단어도 어울리지 않는 그런 느낌이다.

부스스한 우리와 달리 깔끔한 외모와 외부에서 묻어온 좋은 향이 남아 있었다.

백내장은 간단한 수술이니 수술하고 바로 밥을 먹나 궁금해서 식사했냐고 물어보니, 내일 한쪽 눈 마저 해야 한다며 병원에서 먹지 말라고 했단다. 내일 먹는 건 다 맛있을 것 같다며 환하게 웃는다.

대화를 해보니, 화초를 좋아하는 밝은 사람이었다. 외모나 말투가 '곱다'는 말이 어울렸다.

바로 내일 퇴원이고 아픈 곳도 없이 건강해 보인다. 부러웠다. 나뿐만 아니라 다른 환자도 그런 것 같다. 병원에서는 안 아픈 사람이 가장 부럽다.

어떤 아픔도 없어 보이는, 화초 키우며 지내는 고운 백내장 환자는 우리의 아픔을 이해 못 하겠다는 생각에 다들 아까의 신세 한탄은 멈춰졌다.

누군가 어디 사느냐고 묻기 시작했다. 다들 여기저기서 왔다. 백내장은 가벼운 수술인데 뭐 하러 여기까지 왔냐고 물었다. 그러자 잠시 머뭇거리더니 말했다.

" 우리 아들을 여기 기증했어요. "

아들이 집에서 주스를 마시다가 미끄러져 뒤로 넘어졌는데 뒷머리를 냉장고에 부딪쳤다고 했다. 어질어질하다고 해서 아들과 둘이 바로 택시 타고 근처 종합병원에 가서 CT를 찍고 검사를 해 봤는데 출혈이 없고 부은 것이라고 해서 부기가 빠지면 괜찮으니 걱정하지 말라고 했단다. 붓기는 잠을 많이 자면 빨리 빠지니 많이 자고 푹 쉬라는 말을 덧붙이면서 의사는 나갔고 아들과 엄마는 한참 이야기하다 의사 말처럼 자는 게 좋을 것 같다고 해서 잤다고 한다.

그리고 아들은 일어나지 못했다. 뒷머리 아래쪽이 깨져 금이 갔었는데 의료진은 그것을 발견하지 못했고 더 큰 종합병원으로 옮겼지만 골든타임을 놓쳐 뇌사 상태가 됐다.

" 아들 몸이 너무 아까운 거예요. "

서른 살을 갓 넘은 아들을 그냥 보낼 수가 없었단다. 기증을 생각하면서도, "나 엄마 맞아?" 이런 생각이 하루에 수십 번도 더 들고 했단다.

그리고 나서 미치지 않으려고 화초를 키우기 시작했다고 한다.

겉모습만 봐서는 아픔의 경험은 절대 알 수 없다. 모든 아픔이 티가 나는 것은 아니다.

우리는 다시 주사로 몸에 연결된 바퀴 달린 주사 대를 덜걱거리며 질질 끌면서 제각각 병실로 들어갔다.

똑딱이와 내가 산책로를 걷는 중에 산책로로 들어오는 중간 계단에서 내려오던 견주가 우리를 보더니 자신의 중형 개 정도 크기의 반려견을 바로 안아 올린다.
똑딱이에게 덤빌까 봐 인지 아니면 똑딱이가 덤빌까 봐 인지 분간이 안 갔다.

견주는 나와 눈이 마주치자 말했다.

" 얘가 트라우마가 있어서요. "
" 물림 사고 때문에 개를 무서워해요. "
" 아이고. 많이 놀랐겠다. 크게 물렸어요? "
" 물린 건 아닌데 물릴 뻔했어요. "

나는 속으로 생각했다. 뭐 물린 것도 아닌데 저렇게 유별인가 싶었다. 개는 아무렇지 않아 보였는데 주인이 트라우마가 생겼나 했다.

똑딱이를 목욕시키고 말린 후 텔레비전을 켜고 거실 바닥에 누웠다. 오래 산책했더니 피곤했는지 그 자세로 깜박 잠이 들었다. 잠이 깨어 일어나려고 하는데 다리에 신경이 눌렸는지 너무 아파서 일어날 수도 없고 옆으로 움직일 수도 없었다.
순간 식은땀이 나고 숨이 안 쉬어질 정도로 '헉'하고 아팠다. 시간이 좀 지나 몸이 풀려 괜찮아졌다.

그러고 앉아 있는데 좀 있다가 친구에게서 전화가 왔다. 내가 방금 아팠던 이야기를 해 줬다.

" 일어나려고 하는데 다리가 찌릿한 거야. 너무 아파서 일어날 수가 없고 식은땀이 다 났어. "

그러자 친구가 말했다.
" 어! 나도 그런 적 있어. "
" 어…. 진짜? "

나는, "설마 그렇게 아팠던 적이 있다고?" 이런 생각이 들었다. 평소에 한 번도 느껴보지 못한 처음 느껴보는 통증이었는데 내가 말로 잘 표현 못 해서 그런 것 아닌가 했다. 내가 말하면서도 아픔이 잘 표현되지 않았다고 느끼긴 했다. 신경이 눌린 그 느낌을 말로 표현하자니 별것 아닌 것이 된 것 같았다.
전화를 끊고 뭔가 착잡한 느낌이 들었다. 왜 이러지 하고 생각해 봤다. 아팠다고 했는데 대뜸 자신의 아팠던 것을 말하니 서운했나 싶었다.

그리고 가만히 멍때리고 앉아 있다가 보니 뭔가 느껴졌다. 나는 친구가 나와 비슷하게 아팠던 적이 있다고 했을 때, "설마. 아닐걸. 내가 더 아팠을걸."이라고 생각하며 친구의 아픔은 사소한 것이었을 거라고 짐작하며 아무런 반응을 하지 않았다.

비슷하게 아팠던 경험이 있으면 서로 이야기하며, "맞아. 그럴 때 너무 아파."하면서 자신이 느낀 아픔을 서로 이해해 줄 수 있는 상황이었는데 말이다. 친구가 던져준 경험에 서로 이해하면서 아픔을 나눌 기회를 내가 날려버린 것이다.

나는 투병하면서 아픔에 집중했었던 것 같다. 나의 아픔에만 몰두해 있었다. 타인의 아픔은 신경 쓰지 않았다. 어쩌면 친구의 통증이 더 심했을 수도 있다. 사실 통증은 비교할 수도 없고 그럴 필요도 없다.

방송이나 책에서 아팠던 사람들의 경험담을 접하면, "저 정도 아팠으면 좋았겠다."하며 와 닿지 않았다. "뭐 저런 정도를 가지고 힘들어하냐." 하는 식이었다.

그리고 친구에게 아픔을 말로 표현했을 때 아픔이 평면적으로 느껴졌던 것처럼, 타인의 아픔도 그랬을 것이다. 내가 글로 또는 말로 전달받은 아픔으로는 당사자가 실제 느낀 아픔을 예상할 수 없다.

물릴 뻔했던 개와 견주가 경험한 그 당시를 나는 전혀 알지 못한다. 뉴스에 나오는 물림 사고처럼 큰일 날 뻔할 정도로 심각했는데 겨우 피했을 수도 있다. 또는 사실 상황은 별것 아니었지만 심리적 충격이 크게 왔을 수도 있다. 타인의 아픔은 알 수 없다. 그래서 축소해서는 안 된다.

결혼하지 않은 미혼인 친구가 장을 보고 들어가는 길이라며 운전 중에 안부 인사 겸 오랜만에 전화했다. 이것저것 이야기하다 이런 말이 나왔다.

마트나 병원에서 자신에게 '어머니'라고 하면 어색하지만, 이 호칭 말고는 그런 장소에서 40대인 자신을 부르기에 적합한 말이 떠오르지 않는다며 뭐 좋은 말 있냐고 나에게 물어봤다.

그래서 내가 뭐든 어색한 것은 반복되면 익숙해지니 듣다 보면 괜찮아질 것이라고 했다. 그러자 자신은 비혼주의자가 아니라 어쩌다 보니 결혼하지 않은 것이라 언짢은 기분도 든다고 했다.

문득 오래전 같은 고민을 하던 지인이 떠올랐다.

그는 결혼했지만 아이를 낳지 못했다. 아이를 가지고 싶어 병원도 꾸준히 다니고 노력했지만, 불임으로 아이가 없다. 그런 자신에게 가전제품을 사러 간 매장에서 연신 '어머니'라고 부르는데 기분이 좋지 않았다고 했다. 이 지인은 '고객님'이란 호칭을 대안으로 말했었다.

둘 다 '어머니'라는 말에 기분이 상했던 것은 '난 어머니가 아닌데.'였다. 사실 어머니가 아니라도 어머니란 말에 단순히 호칭으로 느끼며 별 신경 쓰지 않는 사람도 많을 것이다. 하지만 이 두 사람이 신경 쓰였던 이유는, 원했지만 이루지 못했기 때문이다. 게다가 다수의 사람에게 자연스럽게 그 호칭을 사용한다는 말은 남들은 자연스럽게 이루는 일이란 증거일 수 있다. 즉, 40대인 여성에게 일반적으로 어머니로 많이 부른다는 것은 그만큼 그 나이대 대부분 여성이 어머기 때문에 그렇다는 것인데 그 '대부분'에 끼지 못하는, 일반적이지 않은 상황인 것을 인식시킨 호칭이다.

누군가는 대부분 신경 쓰지 않는 아주 사소한 일에도 민감해질 수 있다. 어머니가 되고 싶었던 마음이 얼마나 크고 간절했는지 당사자 말고는 아무도 모른다.

그래서 "뭐 저런 걸 가지고 예민해지냐."란 말은 함부로 사용해서는 안 될 것 같다.

방학동 도깨비시장에 가려고 밖으로 나왔다. 볕이 좋아 개천가로 걷고 있었다. 새봄이 오는 소리가 들려 기분이 좋다.

걷다 보니 저 앞에 익숙한 검은 푸들이 보인다. 견주를 보니 어떤 개인지 생각났다. 사람이 없는 작은 공원에서 공놀이하는 모습을 자주 봤던 그 개다.

내가 이 개를 기억하는 이유는 겁이 아주 많다. 똑딱이 정도의 나이에 비슷한 덩치인데 똑딱이를 보더니 벌벌 떨면서 뒷걸음치면서 주인에게 쪼르르 갔다.

똑딱이도 자신이 이 정도로 위협적인가 하는, 처음 겪는 경험에 멈칫했다. 나와 똑딱이 둘 다 서로를 멀뚱히 쳐다보며 어리둥절했던 기억이 있다.

마침 그 개의 뒤쪽에서 대형 개까지는 아니지만 그 푸들보다는 확실히 큰 개와 견주인 할머니가 느린 걸음으로 천천히 오고 있다.

푸들 견주는 자기 반려견을 바로 안아 들었다. 안 그래도 된다는 할머니의 말에 푸들 견주가 대답했다.

" 개를 무서워해서요. "
" 뭔 개가 개를 무서워해. "
" 저도 사람 무서워해요. "

원래 같은 '종' 끼리가 더 무섭다. 관계로 인한 경험이 쌓이기 때문이다. 물론 좋은 경험도 쌓여 같은 종끼리 사랑하고 여럿이 모이면 흥미롭기도 하다.

 가끔 사람보다 개를 더 믿고 의지하는 사람들을 만날 때가 있다. 사람과의 관계에서 받은 상처가 너무 크고 깊었던 것 같았다.

나는 어린 시절 장래 희망이 초등학교 선생님이었다.

 초등학교 선생님이었던 엄마의 영향도 있었겠지만 좋은 향이 나는 젊은 여자 선생님에 대한 로망이 더 컸던 것 같다. 그래서 초등학교 4학년이 된 첫날, 어깨까지 오는 파마머리에 예쁜 치마를 입은 젊은 여자 선생님이 담임 선생님이 돼서 크게 신이 났었다.
하지만 이 시기에 나는 잠시 알코올램프에 대한 트라우마가 생겼다. 그래서 성냥으로 불을 켜서 알코올램프의 심지에 붙이는 것을 이때부터 초등학교 졸업할 때까지 못 했다. 불이 크게 확 붙을 것 같은 두려움 때문이었다.

그 시작은 이랬다.

 초등학교 4학년 과학 시간에 알코올램프를 사용한 실험을 하고 있었다. 교실에서 각각 여섯 명이 둥그렇게 모여 한 조가 됐다. 우리 조에서는 정초원이라는 예쁜 이름을 가진 여자아이가 성냥에 불을 켜고 램프에 불을 붙이고 있었다.

램프에 불을 붙이고는 입으로 성냥을 후 불어 껐고, 불을 끈 성냥을 책상 위에 놓아야 했는데 실수로 성냥이 빼꼭하게 들어있던 동그란 큰 성냥 통 위에 놓아 버린 것이다. 불씨가 남아 있던 성냥은 성냥 통의 빨간 머리들을 모두 화나게 했다. 일본 만화인 드래곤볼에서 힘이 업그레이드된 초사이어인이 될 때 머리카락이 모두 위로 '쭈뼛'서면서 활활 타오르는 것처럼, 잠잠했던 성냥들이 힘을 받아 한꺼번에 위로 치솟았다.

그 불길로 초원이의 앞머리는 한순간 찌지직 소리를 내며 타버렸다. 교실에는 머리카락 탄 냄새로 꽉 찼다.

아주 짧은 순간에 벌어진 일이다. 초원이는 정신이 없는 중 맨손으로 불을 끄려고 했다. 담임 선생님은 우리 쪽으로 와서 성냥 통의 불을 껐다.
초원이의 풍성하고 찰랑거리던 앞머리는 타서 곱슬거리는 몇 개가 남았고 손은 벌게졌다. 얼굴은 겁에 잔뜩 질린 상태다.

담임 선생님은 정신이 하나도 없는 상태의 초원이를 크게 나무랐다. 아이의 상태는 전혀 살피지 않고 크게 혼을 내고는 짜증을 잔뜩 내더니 교단 옆의 자신 자리로 가서 마시던 차를 마저 마셨다. 우리는 초원이에게 계속 괜찮냐고 물었고 눈에 초점이 풀린 초원이는 말이 없었다.

이후 장래 희망에 절대 선생님을 적지 않았다. 알코올램프에 대한 트라우마는 없어졌지만, 그때 느낀 실망은 절대 사라지지 않는다.

외부에 나갔다. 집에 들어가기 위해 핸드폰 앱으로 택시를 불러 탔다. 나는 타면서, "도봉산 쪽 가시죠?"하고 확인차 물었다. 택시 기사는 맞다고 하더니 덧붙였다.

" 산 쪽 가는 거라서 안 잡으려고 했어요. "
" 어? 왜요? "
" 우리 와이프랑 진짜 등산 많이 다녔거든요. "
" 도봉산도 많이 갔었는데. "
" 와이프 죽은 후로 산은 쳐다도 안 봐요. "

경험상 아픔은 아픔으로 보듬어 줄 때 효과적이다. 나의 아픔을 이야기했더니 기사는 자신의 이야기를 한다.
" 와이프가 천식으로 죽었어요. 밤에 자다가 내 품에서 죽었어요. 축 처진 시체를 껴안고 있는데도 하나도 무섭지 않았어요. 우리 와이프니깐. "

부인과 등산을 즐겼던 기사는 산을 보면 부인이 생각나서 힘들다고 했다. 부인과는 좋은 기억만 있다고 해서 내가 완벽한 천생연분이었다고 하니 자신도 그렇게 생각한다고 했다. 부인과 둘이 등산하고 산 아래 식당에서 맛있는 음식 먹었던 기억이 너무 행복해서 혼자서는 등산 못하겠고 산은 쳐다보기도 싫다고 연이어 말했다.
행복했던 기억들도 지금의 슬픔을 거두지 못하나 보다. 행복은 가볍고 슬픔은 무거운 것이 본질 같다. 뒤바뀌었으면 좋았으련만….

234

똑딱이가 귀를 긁어 동물병원에서 갔을 때 받아온 약을 처음 귀에 넣는데, 익숙하지 않던 나는 똑딱이와 한참 씨름하다 여러 번의 시도 끝에 겨우 넣었다. 당시 둘 다 힘이 빠져 너덜너덜해졌었다.

그 이후 똑딱이 귀에 약을 넣기가 너무 어려웠었다. 몰래 넣으려고 해도 동물적 감각인지 아주 기막히게 미리 알고 도망갔다. 간식으로 유도해도 유도가 안 됐다. 약을 넣을 때 통증이 있지도 않고 게다가 작은 한 방울이라 그리 불편한 느낌도 없을 것 같은데 말이다. 처음과 달리 잘 넣을 수 있을 것 같은데 그 시도 자체에서 똑딱이는 처음의 불편한 기억 때문에 힘들어했다.

어떻게 할까, 하다 나는 똑딱이를 살짝 잡고 뚜껑을 열지도 않은 소독약을 귀 가까이에 댔다. 깜짝 놀라 피하려는 똑딱이보다 내가 한 박자 먼저 손을 떼고 귀에 넣은 척을 했다. 그리고 "똑딱이 잘했어."하고 칭찬하면서 간식을 줬다. 아무것도 넣지 않아 아무것도 느껴지지 않았던 똑딱이는, "어?"하는 표정으로 가만히 있었다. 그런 시도를 이후에도 몇 번 더 했다.

똑딱이는 기억과 달리 별 게 아니란 생각이 들었는지 귀 가까이에 약통을 댔을 때도 별 반응이 없었다.

몇 번의 가짜 시도를 한 이후 약의 뚜껑을 열고 한 방울 넣었다. 그리고 재빨리 간식을 줬다. 이후 귀에 약을 넣는 것이 어렵지 않게 됐다.

똑딱이는 지금은 처음의 그때가 아니라는 것을 인식했다.

나는 서울대학교병원에서 이식수술을 받았다. 다른 병원은 안 그런 데 한동안 서울대학교병원 정문에 도착하면 수술실에서 나는 소독약 냄새가 났었다. 냄새가 정말 코에서 났다. 그래서 처음에는 다른 사람도 나는 줄 알았는데 나만 냄새가 나는 것이었다.

그리고 국내에서 기증자를 못 찾아서 미국에서 기증받아 이식수술을 했는데, 미국 관련 뉴스가 나오면 수술실 냄새가 슬슬 올라왔었다. 냄새는 힘든 기억을 끌어왔다. 그래서 냄새가 나려 하면 불쾌했다.

나는 냄새가 나려고 할 때마다 커피를 마셨다. 병원에 검사하러 갈 때도 텀블러에 커피를 타고 차에서 내린 후, 냄새가 나려 하면 텀블러를 코에 바짝 대고 커피 냄새를 맡았다. 그 이후 커피 냄새와 수술실 소독약 냄새가 뒤섞여 증세가 완화됐다.

힘든 기억의 냄새가 나려 하면 현실의 향으로 지금은 수술실이 아니라는 것을 일깨웠다. 이제 소독약 냄새는 나지 않는다.

아픈 경험이 기억에 박혀 있는 경우 빠지지는 않는 것 같다. 하지만 적어도 그때로 돌아가려는 생각을 지금, 현재 잡아둘 수는 있다. 힘든 기억은 그저 저편에 놓고 그곳으로 가까이 가지 않으려고 노력해야 한다.

힘든 것은 그때로 족하다. 지금은 그때가 아니다!

10.

입
양

" 어! 똑딱아. 잠깐만! "

" 끄응. "

    동네 모퉁이의 작은 슈퍼마켓 앞, 무지개 놀이터를 지나가는 데 익숙한 시츄 세 마리가 있다. 자세히 보고 싶어서 가던 길을 틀어 놀이터 안으로 들어가려 했다.
하지만 "간식 가게 가자!" 하면서 가고 있던 터다. 똑딱이는 엉덩이는 올리고 상체를 바닥에 바짝 엎드려 안 들어가겠다고 버틴다.
    똑딱이는 버티고 있을 때 바로 안아 올리면 시무룩해지기 때문에, 기왕 자세를 취한 똑딱이가 힘을 쓸 수 있도록 줄을 몇 번 힘겹게 '끙끙' 당기는 척한 후에 들어 올려 안고 놀이터로 들어갔다.

그리고 놀이터에 있던 견주에게 말했다.

" 이제 유모차 안 타네요. "

" 네. 리드줄 매고 산책 잘해요. "

" 진짜 다 닮았다. 새로 온 아이가 누구죠? "

" 얘요. "

" 와! 표정이 완전히 밝아졌어요. "

전에 봤을 때 구조된 후 입양된 자 얼마 안 돼 혼자 유
모차를 타고 있던 시츄가 이제 다른 강아지들처럼 발을
땅에 딛고 잘 다닌다. 내가 앉아서 손을 가까이하니 다가
와 냄새도 맡는다.

" 새견생이 시작됐네. 많이 고마워하겠어요. "
" 네. 적응 잘 해줘서 정말 고맙게 생각해요. "

나는 시츄가 견주에게 고마워하겠다는 말이었는데 견주는
다르게 해석했다.

똑딱이까지 합세한 고만고만한 네 마리가 한 줄로 무지
개 놀이터 가장자리를 따라 심어진 나무 하나하나에 코
를 킁킁대며 천천히 걸어간다.

" 근데 어떻게 한 번에 세 마리를 산책시키세요? "
" 얘들이 다 순해서 괜찮아요. "

생김새만 닮았던 시츄 세 마리는 이제 표정과 성격까지
닮아졌다.
 가던 간식 가게를 가기 위해 똑딱이를 데리고 나오면서
뒤돌아보니 밝은 표정의 시츄는 주인에게 고맙다는 눈빛
으로 쳐다보는 듯하다. 견주는 잘 적응해 줘서 고맙다고
했고 나도 고마웠다. 그리고 그들과 잘 놀고 온 똑딱이도
고마웠다.

늦은 나이에 한 아이를 입양한 부부의 인터뷰를 봤다.

" 어린아이를 데리고 가서 의아하게 생각하는 사람들이 물어보면 가슴으로 낳았다고 해요. 그러면 '대단하시네요' '훌륭한 분이다'라고 하는데 전 이 말이 너무 듣기 싫어요. 내자식을 키우는데 그게 무슨 대단한 일이고 훌륭한 일이에요. 그냥 같은 시각으로 바라봤으면 좋겠어요. "

입양가정의 부모들이 좋은 일 한다거나 훌륭하다는 찬사를 어색해하는 것은, 입양한 아이들과 함께 만드는 가치를 알기 때문인 듯싶다.

그들이 서로에게 고맙고 사회인 우리 또한 그들에게 고맙다. 이 서로에 대한 고마운 감정이 세상의 삭막함을 녹이는 유일한 방법 같다.

똑딱이 낮잠 시간이라 혼자 무료해서 핸드폰으로 유튜브를 보고 있었다. 귀여운 행동과 생김새로 인기 있는 개의 영상이다. 두 마리 개가 있는데 기존에 있던 개와 달리 나중에 데리고 온 개는 유기견을 입양했다. 그 집의 자매들이 대화한다.

" 애는 원래 이 집 애잖아. "
" 원래 이 집 애가 어디 있어? "

　키우던 개가 새끼를 낳은 경우를 제외하고는 순서의 차이지, 대부분 개는 데리고 온다. 즉 입양한다. 개들끼리 텃세는 부릴 수 있어도 정통성을 주장하는 것은 무의미하다.

　반면 사람은 절대적으로 입양의 경우가 적다. 대체로 부부 사이에 태어난 자식이다. 그래서 소수에 속한 입양아들은 소외감이 생길 수 있다.
게다가 입양됐다는 것은 누군가로부터 보내진 것이다 보니 자신의 출생에 기쁨보다는 당황이나 불만과 같은 좋지 않은 감정과 함께했을 것이라는 예상에, 축복의 탄생이 아닌 것 같아 서글플 수 있다.

하지만 탄생에서 탄생의 주체는 그 어떤 일도 하지 않았다.

아들을 고대하던 집에 태어난 아들은 아무것도 하지 않았는데 태어나자마자 기쁨을 주었다. 이 기쁨은 탄생에 의한 것이라도 당사자인 아들에 의한 것은 아니며 주변의 기준과 판단으로 주변이 느끼는 기쁨이다.

반대의 경우도 마찬가지다. 아기의 탄생에 부모가 당황스럽거나 힘든 상황이 됐더라도 아이는 아무것도 하지 않았다. 그래서 인간의 탄생에서 주변이 느끼는 기쁨이나 슬픔에 대해, 탄생의 주체는 으스댈 것도 아니고 책임질 것도 없다.

사실 대단한 축복 속에서 태어난 아기들도 성장해서 그때를 기억하지 못한다. 그리고 축복받지 못했더라도 마찬가지다.

우리는 가끔 우리가 기억하지 못하는, 기억할 수 없는 것까지 상상하며 끌어와 자신을 괴롭히는 마조히즘적 행동을 할 때가 있는데 안 그랬으면 좋겠다.

그렇다고 탄생이 의미 없다는 말은 아니다. 모든 탄생은 우주에 점을 찍는 대단한 일이다. 바로 그 점들이 우주의 기운을 형성한다.

너무 많은 점이 있어 하나의 점이 하찮게 느껴진다면, 인간 몸의 무수한 세포가 하나의 세포에 영향을 받아 모두 사라질 수 있다는 것을 상기해 보면 된다.

탄생했다는 것은 우주의 연결된 기운에 자리했다는 말
과 같다. 즉 어마어마한 일이다. 무(無)에서 유(有)가 생겼
다. 이 위대함의 결과는 '존재'며 탄생의 당사자다.
그는 존재로서 존재한다. 탄생은 존재한다는 것 이상도
이하도 아닌, 바로 존재 자체며 그래서 우주이다.

우리의 탄생 모두는 평등하게 대단하다.

직장 다닐 때는 TV는 거의 시청하지 않았었다. 바쁜 생활 탓도 있지만, 뉴스나 영화 등 보고 싶은 것을 원하는 시간대에 멈추거나 혹은 빨리 돌려 볼 수 있는 인터넷이 익숙해지면서였다. 하지만 오랜 병원 생활에서 익혀진 습관과 집에 있는 시간이 늘어나면서 TV 시청하는 시간이 많아졌다.

오늘은 예능 프로그램에서, 유명 프로듀서가 가창력이 뛰어난 중년의 여성 가수를 모아 걸그룹을 만드는 프로젝트를 했다. 그들의 노래를 듣다 보니 좀 더 듣고 싶어 유튜브에서 검색하며 듣고 있었다. 알고리즘에 걸려 인터뷰도 몇 개 봤다.

그중 한 명의 인터뷰를 봤는데 그는 리메이크해서 대중의 사랑을 크게 받은 노래에 대해, 이 노래가 원래 자신의 노래였으면 좋았겠다고 언급했다. 이 영상의 댓글은 대부분 원곡도 좋고 리메이크도 좋다는 의견이지만, 몇몇 댓글은 욕심이라는 단어를 쓰며 리메이크해서 흥행했는데 만족하지 못하고 굳이 원곡 가수가 되고 싶은 이유는 뭐냐고 했다.

그의 인터뷰는 자연스러웠다. 인터뷰에서 한 말은 불만족에서가 아닌, 만족에서 나오는 반응이다. 만약 사랑받지 못했다면 그런 생각은 하지 않았을 것이다.

청소년 상담직을 하는 지인이, 입양 가정의 학생들과 이야기하면 이런 말을 하는 경우가 종종 있다고 한다.

" 제가 원래 이 집의 아이였으면 좋았을 것 같아요."

이런 말을 하는 아이들의 공통점은, 입양가정에서 차별받는 경우가 아니라고 한다. 대부분 입양된 현재에 대해 대체로 만족하는 경우라고 했다. 지금 삶이나 상황에 꽤 만족스러워, 자기가 생각하기에 오점이라고 여기는 것을 없애거나 축소하고 싶은 것이라고 한다.

현실에서는 굳이 입 밖으로 꺼내지 않아 많이 접하지 않지만, 드라마나 소설 속 등장인물은 자세히 들여다보면 속 편한 불평을 하고 있다. 하지만 의식하지 못하는 것은 그러한 불평이 자연스럽기 때문이다.
미국 드라마 시리즈 '섹스 앤드 더 시티'에서, 재혼하는 것에 대해 대놓고 맘껏 즐기지 못하는 여성이 그녀의 친구에게 털어놓는다.

" 내가 이혼한 경험이 없었으면 좋겠어. "
" 이게 내 첫 결혼이었으면 좋았는데. "

그녀는 안정적인 직장의 사랑하는 적격의 상대를 만나 다시 시작하는 만족스러운 상태에서 아쉬움을 나타낸다.

이 상면에서 시청자늘은, "배물렀네." "저런 태도가 이해가 안 가." 이런 반응보다, 그냥 별 신경 쓰지 않고 자연스럽게 넘어간다. 이해되기 때문이다.

 좋은 일이 있을 때 완벽하게 만족하기보다 자신이 생각하기에 흠집이라고 생각하는 것을 아쉬워하는 것은 일반적이다. 그래서 욕심이 많거나 이기적으로 보이지 않는다.

 인간은 모든 경우에 허전함이 있고 그래서 바람이 있다. 그게 인간이다. 사실 우리는 어떤 상황이라도 아쉽다. 노년에 막대한 금액의 로또에 당첨된 사람이, "좀 더 젊었을 때 당첨되었으면 많이 누렸을 텐데."라고 생각한다 해도 욕심쟁이로 느껴지지 않는다.

"지금 죽어도 여한이 없다."라고 말하는 사람은 지금 죽으면 가장 아쉬울 사람이다.

만족스러워도 아쉬움을 찾는다. 그리고 불행하면 이유를 찾는다. 그래서 탓을 하게 되는데 자신이 생각하는 불행한 이유가 알고 보면 그게 아닐 수도 있다.

불행한 이유가, "내가 버려졌기 때문이야."라고 믿는다면, 버려지지 않은 많은 사람이 불행한 것과, 외관의 경우가 자신과 같은 사람들이 만족감에 차 있는 것도 설명은 쉽지 않다. 불행의 답으로 찾기 쉬운 이유가 그것이기 때문에 그렇게 찾았을 수 있다.

차라리 탓을 하고 빠져나와서, "난 그래도 해볼 거야!" 하며 기운을 내는 방식으로 되면 좋지만, 그 답에 머무르며 깊숙이 빠져들어 스스로 불행의 늪에서 허우적대면 안 된다. 그 누구도 아닌 자신을 위해서 말이다.

앞서 말한 청소년 상담사인 지인이 말하길, 입양가정에서 심한 차별을 느끼는 등 현재에 불만족이 큰 경우는 상담 시간 대부분 과거로 거슬러 올라간다고 했다.

"이 집에 입양되지 않았어야 했어요." "친부모가 나를 버리지 않았어야 했어요." "내가 태어나지 말았어야 해요." 이런 식으로 말이다. 그리고 과거의 그곳에 머문다. 오래 머물면 후회의 폭과 깊이만 커질 뿐이다. 시간이 지나면, '과거에 너무 오래 머물렀다는 것'도 큰 후회의 카테고리를 만들어 불필요한 용량을 차지하게 된다. 그 카테고리 안에, '차라리 그때 정신 차리고 뭐라도 해볼걸.' 이런 제목의 파일이 하나하나 쌓여간다.

인간은 숨 쉬듯이 후회한다. '이랬더라면', '저랬더라면' 이러면서 우리는 지나간 순간을 끊임없이 후회한다.

우리는 현재가 불행한 이유를 현재가 아닌 과거의 선택에서 찾는다. 그리고 그것을 수정하면 현재는 꽃분홍색이 될 것이라 확신한다.
그래서 시간을 되돌려 가는 소재는 영화나 드라마에서 효과적이다. 만인이 바라는 판타지이기 때문이다.

만약 과거로 되돌아가면 훨씬 만족스러운 삶이 될 수 있을까?

과거로 돌아가는 영화나 드라마를 보면, "저 사람은 곧 넘어져." "이제 커피를 쏟아." 이러면서 사소한 것까지 모두 예견한다.
하지만 의문이 든다. 정말 과거로 돌아가면 앞으로 일어날 모든 일을 아는, 신의 능력을 지닌 천하무적이 될까?
글쎄다. 그 장소에 있던 누군가의 기운이 바뀌었고 시선이 바뀌었다. 그때와 달리 눈동자가 흔들렸을 수도 있고 또는 유심히 커피잔을 쳐다보는 것을 느낀 어떤 이가 그때보다 주의를 기울였을 수도 있다.

아무리 생각해도 누군가 그때 그 사람이 아닌, 다른 사람이 됐는데 그대로 이어질 것 같지는 않다. 굳이 나비효과를 언급하지 않아도 재방송처럼 그대로 일어난다는 것은 말이 안 된다. 그래서 시간여행 소재의 줄거리들이 파고들어 보면 모순으로 느껴지는 부분이 많다. '백 투 더 퓨처' 시리즈에서, 악당이 로또 당첨 번호를 가지고 과거로 가서 여러 번 당첨된 이후 막대한 부를 축적하는 장면이 나오는데, 로또 번호가 그대로 유지될 것 같지 않다. 첫 번째 로또 번호가 그대로였다. 하더라도 그 악당이 당첨된 이후 다음 로또에 더 많은 사람이 몰렸을 수도 있는 등 달라질 변수는 무수하다. 변동이 생겼다는 것은 '그대로'라는 것과는 멀어진 것이다.

"그래도 과거로 돌아가면 주변 사람들의 인성을 알고 있어, 가까이하거나 멀리 해야 할 사람을 구별할 수 있어서 인간관계를 훨씬 잘할 수 있을 거야?"라고 생각할 수 있다.

하지만 이것도 예상처럼 될 것 같지는 않다. 기운과 느낌이 바뀐 그에게 주변이 대하는 태도는 달라져 있을 것이다. 그래서 불친절하다고 생각한 사람이 친절하게 느껴질 수도 있고, 상냥했던 이미지의 사람이 그저 그렇게 다가올 수도 있다. 또한 기존에 알지 못하던 사람이 나타나 새로운 인간관계가 엮이게 될 가능성도 매우 높다.

그리고 취향은 쉽게 바뀌지 않기 때문에, "과거로 돌아가면 절대 그와 엮이지 않을 거야." 했던 바로 그와 다시 엮일 수도 있다. 또한 "건강관리를 위해 운동을 하고 식단 조절도 해야지." 하다가도 여전한 식성으로 배가 고파 음식이 생각날 때, "그래. 사는 데 있어 먹는 즐거움이 얼마나 큰데!" 하면서 다시 예전의 식단을 취하고 있을 확률도 높다. 사실 현재도 내 몸에 뭐가 좋고 나쁜지 몰라서 건강식이나 운동을 안 하는 것이 아니다.

누구보다 과거로 돌아가고 싶은 사람은 순간의 사고를 당한 사람일 것이다. 나도 사고를 당했을 때 타임머신에 대한 영상을 정신없이 찾아봤다.

하지만 과거로 돌아간다고 해도 '완벽한 안전'은 불가능하다. 순간의 사고는 피했지만 피했던 다른 사고를 당할 수도 있다. 과거로 돌아가도 다시 매 순간이 무지의 은하수가 된다.

돌아간 과거는 다시 현재가 된다. 시간의 흐름의 기준은 바로 숨 쉬고 있는 '나'이다. 내가 지금 먹는 것, 지금 보는 것, 지금 느끼는 이것이 현재다. 과거로 돌아가 지금을 사는데 그 '지금의 나'는 '과거의 나'가 아니다. 과거로 돌아가서 무엇이든 과거와 똑같기 위해서는 나 또한 과거의 나여야 한다.

무엇보다 과거로 돌아가고 싶은 것은 '현재의 나'가 불행하고 그래서 더 행복해지고 싶은 것이다.
그렇다면 문제는 현재에 있다. 그리고 해결의 열쇠 또한 과거가 아닌 현재에 있다. 과거로 돌아가면 현재를 바꿀 수 있다고 생각하지만, 그 반대로 현재에 과거를 바꿀 수 있다. 현재가 과거를. 감정하기 때문이다.

똑같은 과거라도 현재 만족도에 따라 과거가 달라진다. 현재가 불만족스러우면 과거에서 그 이유를 찾아, "그때 똥 밟았어." "똥물을 뒤집어쓴 거나 마찬가지야." 하게 되지만, 현재를 만족스럽게 생각한다면, "그래. 그 시련이 거름이 된 거야. 지금의 내가 되기 위한 필수 관문이었어." 이렇게 생각하게 된다.

행복해지고 싶은 것은 과거의 내가 아니고 '현재의 나'다. 그 '나'가 있는 곳은 바로 지금의 내가 있는 현재이다. 과거에 머무르지 말고 현재에 초점을 맞추어 노력한다면 과거도 바뀌어 있을 것이다.

그리고 후회는 다시 비슷한 실수를 하지 않기 위해 기억하는 방법으로는 나쁘지 않다. 하지만 자신을 갈아먹는 방식으로는 너무 나쁘다.

어린 아기일 때 입양되어서 성장한 사람의 인터뷰를 봤다. 그는 어릴 적 친구들이 입양 사실을 알고, "그러면 너 버려졌던 거야?"라는 질문을 했을 때, "입양은 키울 형편이 안 돼서 그런 거야. 그러니 입양은 버려진 게 아니라 지켜진 거야."라고 했다고 한다. 그리고 자신의 친모에게 하고 싶은 말을 묻는 말에도 "나를 지켜줘서 감사하다."라고 답했다. 입양 보낸 것 보다 삶을 유지할 수 있게 해 준 것에 대한 고마움이 먼저 드는 것은, 현재 삶에 대한 만족 때문이다.

청소를 마치고 개운한 기운에 따뜻하게 물을 끓여 꿀 차를 탔다. 의자에 앉아 핸드폰을 보니 청소기 소리에 묻어 못 들었던 친구의 부재중 전화가 와 있다.

전화를 거니 기다렸는지 바로 받는다. 그리고 전화를 받자마자 나에게 묻는다.

" 너 사주 잘 보는 곳 알아? "
" 나 주사 잘 놓는 곳은 알아. "

친구가 요즘 답답해서 사주 보고 싶다고 한다. 무슨 일이냐고 하니, 아들이 취미로 하던 축구를 입시까지 끌고 가겠다고 하는데 시키는 것이 나을지 아니면 운동 놓고 공부에 매진하는 것이 나을지 고민이란다. 운동부 선생님과 담임 선생님에게 상담해 봤지만, 답이 안 나온다고 했다.

내가 사주 잘 보는 곳 모른다고 했더니 다른 이야기를 했다. 서로가 오래된 친구라 자주 보든 가끔 보던 서로 할 말이 많았다. 우리는 주제를 튕겨가며 그렇게 꽤 길게 통화했다.
언제 얼굴 한번 보자고 하며 전화를 끊기 전에 친구는 이렇게 말했다.

" 사주 잘 보는 데는 예전이라면 우리 엄마가 그 분야 전
문가인데, 요즘은 잘 모르더라고. "

그때 오래전 친구의 모습이 떠올랐다.

" 우리 엄마 짜증 나 죽겠어. "

 내가 왜 그러냐고 묻자, 짜증이 많이 났는지 거의 울먹
이는 목소리로 말했다.
 눈에 인공눈물을 넣고 있는데 친구의 어머니가 왜 그러
냐고 물었단다. 친구가 눈이 건조해서 그렇다고 하자 친
구 어머니는 의아하다는 듯이 고개를 갸우뚱하며 말했다.

" 넌 물이 많은 사준데 이상하네. 건조할 리가 없는데. "

이 말에 친구는 꾹꾹 눌러왔던 짜증이 폭발했다고 한다.
그리고 짜증이 난 김에 다다다다 말했다.

" 수능 날 교복에 붙여준 부적 산 돈을 나한테 줬으면 재
수 안 했겠다. "
" 그리고 왜 그렇게 미래가 궁금하다냐. 어차피 찾아올 미
래인데 기다리면 알게 될 텐데. "
" 그리고 사주보는 사람들이 무슨 신이냐? 그 사람들한테
미래를 물어보게. "
" 사주 그딴 걸 왜 믿냐? 미개하게. "

이랬던 친구가 이제는 사주 잘 보는 곳을 물어본다. 친구는 결혼하고 아이를 낳고 당시 그녀의 엄마 나이가 되어가면서 연초에 신년 운세를 본다. 남편 사업을 위해 용하다는 사주 풀이하는 곳을 예약해서 오래 기다린 후 한참이나 차를 타고 가서 보고 왔다. 꼭 손 없는 날로 이삿날을 잡고 남편에게 붉은색이 좋다는 말을 듣고 속옷을 전부 바꿔버렸다.

친구는 사주를 보고 부적을 사는 것이 자식과 가족을 위해서이고, 단순히 미래가 궁금해서가 아니다. 어떤 것이 가족에게 도움이 될까를 걱정하는 마음에 그랬다. 자신의 엄마가 그랬듯이.

결혼 후 친구는 엄마와 아주 친해졌다. 별로 말도 안 하던 사이였는데 이제는 숨 쉬고 물먹듯 엄마에게 전화한다.

친구는 엄마가 나이가 들면서 사주를 보지 않는 이유도 알 것이다. 자식과 남편 뒷바라지에 에너지를 몰입하고 이제는 은퇴한 남편과 출가한 다 큰 자식들을 위해 자신이 해 줄 것이 많지 않기 때문이다.

친구는 엄마가 되고 나서 엄마를 마음속에 받아들였다.

언젠가부터 친구는 엄마의 건강을 걱정한다. 백화점에 같이 갔을 때 지하 식품점에서 내가 꿀을 사는 것을 보고 바로 전화를 걸어, "꿀 사 갈까?" 하며 물어본다.

그리고 한의원 갔다 왔냐고 물어보는데 안 가신 듯하다. 팔이 쑤실 때 바로 가야지, 왜 묵혔다 가냐고 내일은 꼭 가라며, "알았지? 약속했어!" 하면서 자신의 어린 자식을 나무라듯 나무란다.

우리는 그렇게 서로를 입양하며 살아가는 것 같다.

빌 게이츠는 "여러분의 부모는 항상 이렇지는 않았고 여러분이 태어난 이후에 이렇게 변했을 뿐이다."라고 했다. 굳이 빌 게이츠를 끌고 오지 않아도 예측할 수 있지만 나도 그렇고 자꾸 잊어버려서 끌어와 봤다

쓸데없이 악착같고 자기 몸이 탈 날 때까지 모른다. 그래서 속상한 자식에게 미련하다는 핀잔을 듣는 그들은, 우리가 태어나기 전에는 아주 '쿨'하고 몸에 난 종기 하나에도 소란스럽던 그들이었다.

개 식용 금시법이 통과되면서 농장에서 식용으로 키우던 개들이 뜬장이라는 철장에서 구조되는 장면이 방송에 나왔다. 몸이 꽉 낄 정도로 작은 뜬장에 오랫동안 방치되면서 바닥의 철장에 발톱이 끼기도 해서 그 안에서 빼낼 때 매우 힘들어 보였다. 무엇보다 개들이 뜬장에서 나오려 들지 않고 있는 힘을 다해 버텼다.

태어나면서부터 있던 뜬장은 감옥이 아니라 보호막으로 느껴졌던 것 같다. 뜬장의 우리에서 나가면 바로 옆에 있는 도살장에서 죽임을 당하는 것을 보아왔다. 그러니 적어도 우리 안에 있는 한 살아있는 것이었고, 그곳에서 나가는 것은 끔찍한 죽음을 의미했을 것이다.

구조하는 사람들에 의해 뜬장에서 억지로 꺼내진 개는 허겁지겁 다시 뜬장으로 기어들어 가려고 했다. 그 모습에 구조하는 사람은 안타까움과 안쓰러움에 눈물을 흘렸다.

그곳에서 식용으로 먹히기를 기다리던 개들은 모두 구출되었다. 그중 입양된 개들이 방송에 나왔는데, 새로운 주인과 마당에서 긴 다리로 철퍼덕거리며 즐겁게 뛰어놀고 있는 모습이 소개됐다. 이제 그들은 우리에서 나와 우리로 들어갔다. 가두던 우리에서 나와, 보살핌을 받는 우리로 들어온 것이다.

이처럼 우리 안으로 들어오기 위해 우리에서 나와야 한다. 개도 그렇고 사실 사람도 그렇다,

" 아이쿠 "

뭔가 퍽 떨어지는 소리와 내가 내는 소리에 놀란 똑딱
이가 저쪽에서 뭔 일인가 하고 헐레벌떡 뛰어온다.
약을 꺼내려다 약통이 손에서 미끄러져 천 개 정도의 알
약이 들어있는 그 통이 쏟아졌다. 스테로이드가 잔뜩 들
어있는 약통을 엎은 것이다.
나는 제일 먼저 내 쪽으로 달려오는 똑딱이를 빨리 안았
다. 그리고 방에 넣고 문을 닫았다.
약을 다 담았지만, 하얀색의 작은 알약을 하나라도 빼먹
었을까 하는 걱정에 청소기를 실컷 돌렸다.
그리고 문을 여니 문 바로 앞에 딱 붙어 앉아있던 똑딱
이가 얼굴을 들고 걱정스러운 눈빛으로 나를 쳐다본다.
내가 쓰다듬어 주려고 앉으니, 앞발을 들어서 내 어깨에
올리고는 자기 얼굴을 내 얼굴에 가까이하고 콧김을 내
뿜으며 이리저리 훑어본다. 그러고는 이내 안심이라는 듯
이 내려와 평소의 모습을 되찾았다.

그러면 나는 말한다.

" 똑딱아. 괜찮아. 괜찮아. "

갑자기 물건 떨어지는 소리와 나의 '아이쿠'하는 소리에
자기도 놀란 눈치다. 나에게 무슨 일이 났나 걱정했나 보

디. 이 작은 털뭉숭이기 말이다. 그리고 니는 웃음이 지어진다.

똑딱이가 나에게 주는 위로는 매우 크다. 내가 똑딱이를 돌보고 신경 쓰는 것처럼 똑딱이도 나를 걱정하고 신경 쓴다.

나는 6년 동안 아팠다. 그동안 일을 그만둬야 했고 평범한 일상생활은 불가능해졌다. 가까운 곳에도 차를 몰고 가던 나는 운전을 할 수 없게 됐고 계단을 내려가는 것도 쉽지 않게 됐다. 그전에는 별것 아닌 것들이 이제 별것이 됐다.

그리고 똑딱이는 다섯 살이다. 내 평생 가장 아프고 힘들 때 똑딱이가 내 옆에 있었다.

똑딱이를 처음 입양했을 때 내 건강 상태가 좋지 않은데 잘 돌볼 수 있을까 걱정이 들었다. 내 몸 하나 건사하기도 힘든데 작고 어린 생명을 신경 쓸 여력(餘力)이 있을까 했지만 내 예상과 달리 여력을 채워주었다.

한번은 내가 고개를 떨구고 구석에서 쭈그리고 가만히 앉아있었다. 몸도 마음도 너무 힘든 날이었다. 태어난 지 얼마 안 된 아기 시절이라 이빨이 간지러워 인형을 잘근거리면서 가지고 놀던 똑딱이가 그런 나를 보더니 갑자기 인형을 턱 놓았다. 그리고 내 쪽으로 와서는 바로 앞에 앉아서 발로 나를 툭툭 건드리며 걱정스럽게 쳐다봤다. 그래서 나는 "괜찮아. 괜찮아." 이렇게 반복했다. 여러 번 반복에서 그런 건지 걱정하는 똑딱이를 위해 괜찮아져야 해서 그런 건지 정말 괜찮아졌다. 똑딱이는 나의 반복되는 괜찮다는 말을 듣고 안심했는지 다시 가서 인형을 가지고 놀았다.

나는 아직도 그때를 잊지 못한다. 위로를 해 준 똑딱이도 잊지 못하겠지만, 생각지도 못했던 똑딱이의 위로가 큰 위안이 된 경험을 잊지 못한다. 항상 나를 감싸는 가족들의 고마운 위로와 함께, 이 주먹만 한 사랑스러운 털북숭이까지 나를 위로해 주고 있던 것이다.

마치 나를 걱정하는 것처럼, 그 이후에 똑딱이는 나를 혼자 있게 하지 않았다.
가끔 우울감이 꾸역꾸역 올라오면 똑딱이가 벌떡 일어나 '다다다' 거리며 뛰어와서 우울감을 내쫓고는 내 옆에 딱 붙어 앉았다. 그러면 내 옆에 있던 시커멓고 어두운 기운은 저리 가고 사랑스러운 형형색색의 파스텔톤 사랑스러움이 이리 왔다.

똑딱이는 귀여운 애교와 천진난만한 행동으로 나의 닫혀있던 입가에 웃음을 만들어줬고, 게다가 위로까지 해줬다.

나와 시간 대부분을 보내는, 나의 사랑스러운 껌딱지 똑딱이의 위로는 진짜 큰 위안이 된다. 그래서 많이 고맙다.

똑딱이는 내 목소리의 톤에 반응했다. 부드러운 목소리면 꼬리를 흔들었고 화난 투의 목소리면 혼나는 줄 알고 내 눈치를 살폈다. 그리고 내가 힘이 없으면 똑딱이도 시무룩했고, 기분 좋은 상태로 말하면 똑딱이는 꼬리를 흔들며 아무 이유 없이 그냥 신이 났다. 나의 기분과 태도에 반응하는 똑딱이가 시무룩해지지 않도록 힘이 있는 척 불렀다. 그러다 보니. 힘껏 부르게 됐고 그 틈에 힘이 생겼다.

얼마 전 비가 억수같이 오는 날이었다. 오후 3시를 조금 넘긴 시간인데 벌써 어두컴컴하다. 아무도 없는데 TV에서 무서운 것으로 유명한 영화를 막 시작하고 있었다.

영화를 다 보고 나서 좀 있으니 친구에게 전화가 왔다. 뭐 했냐고 묻길래 방금 그 영화를 봤다고 했다. 그러자 친구가 말했다.

" 너 혼자 있을 때 공포영화 못 본다며. "
" 혼자 아니었어. 똑딱이랑 같이 있었어. "

똑딱이와 같이 있으니 무섭지 않았다.

그리고 함께 있으면 똑딱이가 느끼는 기쁨이나 즐거움은 나에게 옮아졌다. 말린 고구마를 평소보다 크게 잘라 주니 신나서 방안을 두두두두 거리며 한 바퀴 도는 것을 보고 나는 깔깔대며 배가 아프도록 웃었다. 똑딱이와 있으면 좋은 기분은 배가 되고 두려움은 축소됐다.

나는 똑딱이를 위해 해 줄 수 있는 게 아직 많다. 똑딱이를 돌보면서 책임감도 느끼고 그래서 뿌듯함도 느낀다.

같이 있으면 가치가 올라갔다.
우리는 그렇게 함께 살아간다. 우리로서 말이다.

11.

산
책

" 부스럭, 부스럭 "

배변 봉투의 부스럭거리는 소리를 듣고 소파에서 뒹굴고 있던 똑딱이가 벌떡 일어났다. '안아 밖에'인지 '우리 산책가자'인지 고개를 쭉 빼고는 내 얼굴을 아주 유심히 쳐다본다.
리드줄을 가지고 오자 그거 아니라며 뒷걸음친다. 무시하고 줄을 채우자 이제는 빨리 나가자며 성화다. 끈 매는 것을 싫어하는 똑딱이는 당연히 '안아 밖에'를 원했지만, 낮이라 끈을 매고 나가야 한다.
기분 좋은 봄기운의 살랑거리는 바람이 똑딱이의 에너지를 올려줘서 얼굴이 웃는 상이 됐다. 엉덩이를 좌우로 흔들면서 저 앞으로 가서는 줄을 팽팽하게 만들고는 뒤를 돌아본다. 빨리 오라고 또랑또랑한 눈으로 느릿한 나를 재촉한다. 아주 신이 났다. 그 모습에 나도 덩달아 신이 난다.

현재 나의 일상에서 가장 중심에 있는 일인 똑딱이와의 산책을 나왔다.

평소처럼 산책할 때 입는 옷과 운동화, 그리고 배변 봉투와 물통을 담은 천 재질의 산책 가방을 멨다. 몇 번 빨았더니 낡아졌지만 크기가 딱 좋아 이것만 맨다.

나의 산책 패션에 관한 키워드를 뽑아보면, '편안한', '일상' 이런 단어보다, '후줄근', '초라한', '남루한' 이런 단어들이 어울린다.

그런데 이게 옷차림에서보다는 그 전과 달라진 나의 상태에서 풍기는 느낌 같기도 하다. 건강 상태나 사회적 위치 이런 것이 분위기를 만들어 낸 것 같다. 뭐 할 수 없지만.

그렇다고 크게 아쉬운 것도 없다. 나의 산책 패션에 나와 똑딱이는 만족한다. 음…. 사실 똑딱이는 확실하지 않다. 별로 신경 쓰지 않는 것은 확실하다. 그리고 다른 이들의 산책 패션도 나와 크게 다를 바 없다.

어제도 그제도 그리고 작년에도 나온 산책로지만 나올 때마다 신선하다. 산바람이 반겨줘서 그런지 나도 똑딱이도 신바람이 났다.

여행을 좋아하는 사람들의 인터뷰를 본 적이 있다. 왜 여행을 좋아하냐는 질문에 그들은, 사회가 규정한 내가 아닌, '나'로서의 모습을 찾을 수 있다고 했다.

직업과 같은 사회적 지위나 나이 등 관념적 시선과 그에 따른 행동과 생각들, 그리고 오랫동안 얽힌 인간관계에서 자유로워지며, 일상에서 벗어나 익숙하지 않은 장소의 새로움이 생동감을 불러일으킨다고 했다.

산책도 여행과 비슷하다. 산책로에 들어선 순간 나는 '그냥 나'가 된다.

남녀를 이어주는 프로그램에서 서로에 대한 정보를 모른 채 만남을 가졌다. 다양한 이야기를 하다 컴퓨터 바이러스에 관한 말이 나와 상대방에게 컴퓨터 백신에 대해 어떤 것이 좋은지 이야기했다. 하지만 알고 보니 상대가 컴퓨터 백신 소프트웨어 개발자였다. 그러자 백신 이야기를 했던 참가자는, "번데기 앞에서 주름잡았네요." 하며 쑥스러운 웃음을 지었다.

하지만 산책 중에는 번데기 앞에서 주름을 잡아도 괜찮다. 상대가 번데기인지 모르기 때문이다. 알고 보니 상대가 그 분야 최고 전문가였더라도 뭐 산책 중이었다.

서로가 뭘 하는지 말하지 않고 궁금하지도 않다. 그러고 지나칠 것이고 집에서 가까운 산책로라 조만간 또 볼 수 있겠지만 그래도 상관없다. 산책 중의 모든 만남은 산들바람처럼 가볍고 그래서 좋다.

산책하다 만난 사람이, 딸이 사놓고 안 입는 옷인데 편해서 자신이 입는다고 했다. 패션 회사를 운영한 경험과 오랫동안 패션 트렌드 분석 연구원으로 그리고 대학교 의상학과에서 학생들을 가르친 지식을 토대로 나는, 그 바지가 요즘 뉴욕에서 유행하는 스타일과 비슷하고 화려한 색감을 눌러줄 검정 상의와 매치해서 입으면 어디를 가도 외출복으로 손색없다고 말했다.

사실이었지만 이 꼬라지를 하고 말했다. 그래도 상대는 주의 깊게 들어준다. 평소에 입지 않던 스타일이라 어색한 바지에 대해, 산책로에서 만난 추리한 행색의 여자가 해 준 말이지만 위안이 됐을 것이다.

내가 산책로에서 만난 사람들의 "괜찮다."라는 말에 위안을 얻는 것처럼.

가끔은 제로 베이스의 상태가 불편하거나 아쉬울 때도 있다. 사회에서 배려받거나 인정해 주는 것이 없기 때문이다. 그래서 산책 중에는 사회에서의 배려와 인정을 새삼 깨닫게 되기도 한다.

산책하다 똑딱이가 똥을 싸면 배변 봉투를 꺼내 담는
다. 그리고 혀를 내밀고 헉헉대면 가방에서 물병을 꺼내
물을 준다. 그 참에 나도 목을 축인다. 다시 집으로 돌아
갈 힘이 있어야 하기에 너무 멀리 가기 전, 약간 아쉬움
이 있을 때 방향을 틀어 집으로 향한다. 어제와 별로 다
를 것이 없는 산책이다.

여행과 산책이 다른 점은 여행에서의 긴장이 없다. 여행
은 일상에서 벗어나 익숙하지 않은 것을 접하면서 겪게
되는 신선한 새로움이 있다.
그렇다고 산책이 지루한 것은 아니다. 같은 장소, 같은
시간이지만 그 안에 매번 새로움이 있다. 세상은 절대 같
을 수가 없다. 어제보다 하루 더 먹은 내가 어제와 같을
수 없는 것처럼 말이다.

여행이 낯선 것에서 느끼는 새로움이라면, 산책은 낯익
은 것에서 느끼는 새로움이다. 여행이 일상의 탈피라면
산책은 일상의 '파고듦'이다.
차이에서 오는 새로움은 두 가지로 나눌 수 있는데, 바
로 '다름'과 '변화'이다. 여행이 다름의 차이라면 산책은
변화의 차이다.

'다르다'는 비교를 의미 없게 만든다. 동일한 이름의 색
상에 명도나 채도가 다른 것에 대해서는 "더 밝다," "더
흐리다." 이렇게 비교할 수 있지만, 서로 다른 색상인 검

정과 빨강의 비교는 그저 '다르다'에 멈춘다. 그래서 완전히 다름을 접했을 때는 비슷한 것끼리 비교하며 차별을 위한 의미 없는 고정관념이 별것 아니었구나 하는 평등의 생각을 만들어줘 자유로움을 느끼게 된다.

'변화했다'는 지금을 인식하게 해준다. 그래서 삶을 선명하게 만든다. 매일의 산책은 나와 그리고 외부의 상태를 말해준다. 오늘은 지난 주보다 봄바람에 더운 기운이 첨가됐고 나뭇잎도 짙어진 게 무성해질 채비를 갖췄다. 며칠 전보다 새소리의 데시벨도 한층 높아졌다. 늦봄에서 초여름으로 넘어가려 한다.

 같은 산책로를 걸었는데 작년보다 조금 더 빨리 힘이 빠지는 나를 알 수 있다. 똑딱이가 물을 먹는 장소도 약간 당겨졌다. 시간의 흐름에 따라 자연으로 돌아가는 섭리를 한참 지나가기 전에 느낄 수 있다.
 이제는 되돌아오는 지점을 가깝게 잡아야 하나 했지만 잠시 쉬는 장소인 저기까지 갔다가 오던 버릇이 있어서 똑딱이는 아직 방향을 바꾸지 않는다. 그래서 나도 힘을 내본다.
끝까지 똑딱이에 맞출 수 있었으면, 원하는 곳까지 갔다 올 수 있었으면 좋겠다.

산책에서 만난 사람들은 사회에서 얽힌 관계가 아닌 스쳐 지나감을 전제로 한다. 그래서 솔직해진다.

" 재작년에 이혼하고 혼자 애들 키우느라…. "
" 암 수술하고 힘들어서…. "

산책로에서 처음 보는 사람에게 가슴 속 멍든 말을 턱턱 내어놓는다. 말하는 사람이나 듣는 사람이나 별로 불편하지 않다. 그 참에 나도 꺼내놓는다.

" 보기에는 멀쩡해 보이는데 중증장애인이에요. "

산책로에서 별것 아닌 것처럼 툭 꺼내놓고 나면 별것 아닌 것처럼 느껴져 괜히 마음이 편해진다.

그러면 나이가 지긋한 산책로에서 만난 잠깐의 동행인은 이렇게 말해준다.

" 보기에 멀쩡해 보이면 됐죠. "
" 그럼 된 거예요. 괜찮아요. "

누구와의 스쳐 지나가는 짧은 대화지만 눈이 찡해질 정도로 위안이 된다.

똑딱이와 산책 중에 뒤쪽에서 할머니 둘이 이야기하며 천천히 걸어온다. 조용한 산책로라 그들의 이야기가 바람을 타고 그대로 들린다.

" 나는 아무 욕심 없고 그저 가족들 건강하고 아무 탈 없고 그럼 돼. "
" 아이고~ 욕심 최고 많네. "

바라는 것이, '건강', '행복' 이러면 소박해 보이던 때가 있었다. 알고 보니 이건 모두 바란다는 것과 다름없다는 것을, 나이를 꽤 먹고 나서야 알았다.
살면서 느낀 건 삶은 별것 없다는 것이다. 하찮다는 것이 아니라, 말 그대로 별것 없다는 말이다.
모두가 특별하다고 생각할 만한 무엇인가를 찾으려고 할 필요가 없다.

누군가 이런 삶을 살았다고 해보자.

[그는 세상에서 가장 맛있는 산해진미를 먹고 값비싼 보물을 가지고 그 누구보다 특별한 삶을 살았다.]

무엇을 먹고 무엇을 가졌고 또 어떻게 살았을 것 같은가? 이 질문에 모두가 인정할 만한 특별한 것을 말할 수 있을까? 또한 부러운 삶이라는 생각이 들까?

삶은 그 자체로 특별한데 특별하게 만들려고 잔뜩 힘이 들어갔었다. 그리고 힘이 들어간 삶은 삶의 원동력이 아니라 삶을 힘들게 한다는 것을 몰랐다. 이제 힘이 풀리고 나서 비로소 깨닫는다.

내 삶은 처음부터 특별하다는 것을.

안골마을을 한 바퀴 돌아본 후 무수골로 향했다. 도봉초등학교 앞에서 보는 일몰은 볼 때마다 멋지다. 계절에 따라 다르고 날씨에 따라 다르다. 그리고 나의 기분에 따라 또 많이 다르다. 게다가 집에서 가까우니 일몰 시각에 맞춰 갈 수도 있고 한참 지켜볼 수도 있다. 얽매이지 않아 여유롭다.

아프고 난 후 이사한 곳인데 참 마음에 든다. 건장한 나무와 힘차게 흐르는 물살, 늠름한 바위로 둘러싸여 마치, "내가 보살펴 줄게." 이런 느낌을 받는다.

나는 아주 힘든 날에는, "자연아, 나 좀 보듬어다오."라고 소리 내 말한다. 그러면 알아차렸는지 한결 괜찮아진다.

사람들이 전화해서 뭐 하냐고 물어보면 대체로 나는 산책 중이다. 매번 똑딱이와 산책 중이라고 말하면 사람들은, 여유가 부럽다며 좋겠다고 나에게 전생에 나라를 구했냐고 말한다. 그러면 나는 처음에는 속으로, '나라 구한 사람을 실수로 죽인 것 같다.'라고 생각했다. 하지만 지금은 만족한다. 나의 일상도 제법 멋진 것 같다. 당신의 일상, 우리들의 일상이 그런 것처럼!

　산책 초보자였을 때 예쁘게 꽃이 핀 둥그런 마당 같은 공원을 지날 때면, "이런 넓은 마당이 있었으면 좋겠다."라고 생각했었다.

하지만 지금은 왜 가지고 싶었는지조차 이해가 가지 않는다. 이런 멋진 곳이 벽으로 둘러싸여 그 높은 벽의 바닥쯤에 해가 닿질 않아 곰팡이가 필 수도 있다.

게다가 갇힌 곳에 있어 사용하지 않을 때는 너무 아깝다. 또한 이 넓은 곳을 어떻게 관리하겠는가. 여긴 국립공원이라 관리해 주는 사람도 있다. 나는 이 멋진 공원을 누리기만 하면 된다.

얼마나 좋은가! 누리는 게 임자다. 산책도 그렇고 삶도 그렇다.

　산책에 관해 이야기하다 보니 내가 오래전부터 산책 애호가, 산책 추앙 자 같지만 나는 몇 년 전까지, 정확히 말하면 똑딱이가 오기 전까지 '산책'이란 단어가 익숙하지 않았다.

산책이라는 말 자체를 한 적도 들은 것도 없었던 것 같다. 터벅터벅 걷기만 하는 것은 아무것도 하지 않는 것과 비슷하고 그래서 시간 낭비라고 느꼈다. 굳이 에너지를 써서 아깝다고도 생각됐다. 그리고 운동을 할 거면 차라리 헬스장에 가서 바짝 하는 것이 효율적이라고 생각했었다.

그냥 산책은 아주 나중에, 삶의 계획을 거의 실행한 뒤 충분히 나이가 들었을 때 숨을 돌리고 여유를 겸손하게 즐기면서 하는 그런 것으로 생각했다.

그러고 보니 산책도 삶의 계획에 포함되어 있었다. 가장 마지막에 짧게 하는 것으로. 하지만 삶이 원래 그렇듯 계획대로 진행되지 않았다.

그렇다면 열심히 실행했던 기존의 그 계획이 무엇이었나 생각해 보니, 나의 가치를 사회에 맘껏 드러내고 만족할 만큼 달린 후 여유롭게 산책하는 것이었다.

계획이 무산된 것에 처음에는 좌절했지만, 시간이 지나고 보니 지금의 무계획(無計劃)이 내 성향에 맞는다는 것을 알았다. 그래서 더 자유롭고 내가 원했던 것과 많이 비슷해졌다.

그리고 맘껏 달리지 못한 것에 아쉬울 것도 서운한 것도 없다. 사회는 나를 대신할 무수한 사람들이 있지만, 나를 위해 대신할 사람은 나밖에 없다.

반짝거리는 것은 결국 모두 희미해진다. 우주의 이치가 그러하다. 뜨거운 시간은 오래 지속될 수 없다. 그래서 식은 후의 시원함을 즐기는 겸양도 필요하다.

나는 충분히 반짝거렸고 지금의 시원함을 잘 누리고 있다. 우리 동네 할머니들이 자주 쓰는 말인데, "그럼 된거다!"
그리고 곰곰 생각해 보니 나의 삶의 최종 목적지는 편안한 여유, '산책'이었다.

똑딱이와의 산책은 다양한 경험을 하게 해준다. 혼자라면 묵언수행처럼 걸었을 것이지만 옆에 똑딱이가 있으니 하고 싶은 말을 맘껏 한다.

"날씨 좋다!"고 똑딱이를 바라보며 크게 말해본다. "좋다!"란 말은 머릿속에 가둬두는 것 보다 느꼈을 때 바로 입 밖으로 내뱉는 것이 효과적이더라.

나는 직장에서 필요에 의한 것이 아니면 모르는 사람과는 대화하지 않았었다. 사실 나뿐 아니라 대부분 그럴 것

이다. 길 물어보는 것 아니고는 모르는 사람과 대화할 일
이 없다. 게다가 길 찾기 앱이 잘 돼 있어서 언젠가부터
길 물어보는 사람도 없다.

하지만 똑딱이와 산책하다 보면 모르는 사람과 자연스럽
게 대화하게 된다. 그리고 예전에 나라면 그러지 않았을
태도를 보인다.

" 산책하러 가? "
" 네~ 산책가요. "

똑딱이를 바라보며 똑딱이에게 물어보는 것이니 상대방
의 질문은 반말이 당연하다. 그래서 불편하게 들리지 않
는다. 오히려 자연스럽고 친절하게 느껴진다.

그러면 내가 똑딱이를 대신해서 존댓말로 대답한다.

나였더라면 "네."하고 낮은 목소리로 대답했겠지만, 똑
딱이 대신이기 때문에 평소보다 높고 가벼운 목소리로,
"네~"하고 말한다.

꼬리치며 반갑다고 하는 똑딱이를 보고 웃으며 상대는
다시 말한다. "잘 갔다 와!" 그러면 나는 "네~"하고 이번
에도 똑딱이 대신 대답한다.

똑딱이와 산책하다 보면 똑딱이에 집중하면서 무념무상의 상태가 된다. 이전에 마인드컨트롤 연습한다고 그렇게 노력해도 안 됐던 그 상태가, 산책로에 첫발을 디디자마자 바로 시작된다.

나는 갈 곳을 정하지도 않는다. 산책로에서 갈림길이 나오면 멈춘 후 똑딱이를 바라보고 똑딱이가 가려는 길로 간다.

나는 단순해진다. 개인적으로는 이것이 산책에서 얻은 가장 큰 장점이다.

산책으로 알게 된 것인데 나는 나에 대한 오해가 있었다. 나는 생각이 많은 것이 아니라 걱정이 많은 것이었다. 그것도 아주 많이.

산책하면서 스스로 정신건강이 좋아졌다고 느낀 이유는, 생각하지 않아서가 아니라 걱정하지 않아서였다. 나는 걱정거리를 안고 짊어지고 끌고 살았었다.

좋은 것도 아닌데 잃어버리지 않으려고 그랬는지 지겹게 반복하던 걱정을 이제는 하지 않게 되니 대부분 까먹었다. 나를 오랫동안 힘껏 짓누르고 있던 걱정이 뭐였는지 기억이 안 난다.

똑딱이에게 의지하면서 무념무상의 상태로 자연의 품에 안겨 산책하고 돌아오면 비워내진 맑은 머리로 진짜 생각이란걸 깨끗하게 할 수 있다. 훨씬 효과적이다.

산책로에 노부부가 앉아있다. 앉아있는 사람들을 보면 꼭 다가가서 인사하는 똑딱이가 노부부와의 거리가 좁혀지자, 속도를 늦추더니 그 앞에 멈춰서 할아버지와 할머니를 빤히 보면서 꼬리를 흔든다.
할머니가, "인사하는 거야?"라며 똑딱이를 보며 묻는다.
그래서 내가 대신 "네!"하고 대답했다.

할아버지가 인사하는 똑딱이를 보며 말한다.

" 나중에 꼭 사람으로 태어나라. "

할아버지가 덕담처럼 이야기했다. 그러자 할머니가 팔꿈치로 할아버지 팔을 짧게 툭 치며 말한다.

" 뭣 허러 사람으로 태어나! "
"개 팔자가 상팔자여. 쟈는 덕 많이 쌓아서 개로 태어난거여."

그러자 할아버지가 말했다.
" 그럼 당신은 나중에 개로 태어나슈. 상팔자로. "

할머니가 대꾸했다.
" 그럴라고. "

내가 물었다.

" 할아버지는 뭐로 태어나고 싶으세요? "
" 나? 나는 사람으로 태어나야지. "

할아버지의 대답에 할머니가 물었다.

" 워매! 뭣 허러 또 사람으로 태어나? "

할아버지는 할머니를 쳐다보며 말했다.

" 개 키워야하잖여. "

똑딱이가 할아버지 대답이 마음에 들었는지 갑자기 할
아버지 다리에 몸을 붙여 친한 척을 한다. 할머니도 기분
이 좋은지 허리를 숙여서 그런 똑딱이의 등을 쓰다듬으
며 웃는다.

나도 따라 웃었다.

똑딱이는 현재 세상의 모든 이름 중 내가 가장 많이 부르는 이름이다.

" 똑딱이 잘 잤어? "　　　　" 똑딱아. 밥 먹어. "
" 똑딱아! 이리 와봐. "　　　" 똑딱아! 우리 산책가자. "
" 똑딱아. 괜찮아 괜찮아. "　" 똑딱! 이거 누가 이랬어!"
" 똑딱아. 이따가 누구와. "　" 똑딱아~ 저녁밥이다. "
" 똑딱아. 안아밖에. "　　　" 똑딱아. 이제 가서 자. "

나는 똑딱이와 비슷하게 일어나고 똑딱이에게 밥을 준 후 나도 밥을 먹는다. 그리고 똑딱이와 함께 한참 산책한다. 돌아와서는 똑딱이를 씻기고 말린 후 나도 샤워한다. 똑딱이가 쉬고 있으면 나도 꿀차를 타서 그 옆에 앉아 멍하니 있는다. 똑딱이는 저녁을 먹고 하품을 몇 번 한 후 졸린 눈을 한 채 자기 방석을 털썩거리며 자리를 잡더니 이내 잠이 든다. 새근거리는 소리를 들으니 나도 잠이 온다.

나의 생활은 똑딱이의 생활과 별로 다를 것이 없다.

예전에는 생활이 단순해지면 삶이 단순해지고 결국 의미가 축소되어 희미해진다고 생각했었다. 그래서 금욕적인 종교 생활을 하는 사람들이나 인적이 드문 곳에서 자연과 더불어 사는 사람들의 단순한 삶을 보면 무료해 보였다. 하지만 단순하게 살아보니 그게 아니었다.

시도 때도 없이 울리던 전화벨 소리, 카톡과 문자 메시지, 이메일 알림음이 점차 줄어들어 이내 잠잠해졌을 때 나는 놀랄 만큼 마음이 편했다. 나도 모르게 신경을 세우고 있던 불안감이 없어지면서 편안해졌다.

삶이 단순해져서 좋은 것은 삶이 뚜렷해진다. 내가 원하는 것이 무엇이고 원하지 않는 것이 무엇인지 그리 멀리 돌아가지 않아도 된다.

학교에서 학생들에게 '미니멀'에 대한 설명을 할 때 내가 주로 사용하는 예시가 있다. 여러 명의 학생을 펼쳐 세운 후 머리 위에 커다란 합판을 올려놓는다. 그리고 다른 학생에게 이들 중 한 명씩 빼보라고 말한다. 그러면 그 학생은 이리저리 둘러보면서 한 명씩 빼기 시작한다. 그러다 멈칫하며, "더 이상 못 빼겠습니다."하게 된다. 이 것이 바로 미니멀이다. '에센스'만 남겨놓은 상태, 존재에 있어 하나라도 빠지면 존재할 수 없는 이 상태가 미니멀이다. 그래서 미니멀의 첫 번째 키워드는 '심플'이 아니라 '에센스'다.

심플은 미니멀을 추구한 결과적 특징이다. 미니멀의 상태는 가치가 드러나게 해준다. 각각의 요소가 존재를 지탱하는 가치를 보여준다. 단순해지면 가치가 명확해진다.

사람마다 성향이 다르다. 남처럼 한다고 행복해진다는 보장도 없고 게다가 남처럼 한다고 불행해지지도 않는다.

남보다 많이 예민한 나는 관계를 줄이니 삶의 만족도가 높아졌다. 나에게는 쇼펜하우어의 말처럼, 삶의 질을 높이는 방법은 즐거움을 추구하는 방식보다 고통을 줄이는 방식이 나았다.
그렇다고 이러한 삶에 대한 방식이 소극적이거나 수동적인 것도 아니다. 자신을 괴롭히는 것이 무엇인지 적극적으로 알려고 하고 이를 방어하는 자세는 전보다 삶을 능동적으로 만들어줬다.

사회에서 나에 대해 잘 안다는 것은, 무엇을 잘하고 무엇을 못하는지를 파악하는 것이었다. 이 파악이 삶을 효율적으로 만드는 방법이었고 그래서 자신의 장단점을 파악하는 것은 무엇보다 중요한 일이었다.

하지만 내가 무엇을 좋아하고 무엇을 싫어하는지는 무심했었다. 이제는 이것에 집중한다.

예전의 나는, 과거는 스스로 혼내는 방식으로 되풀이했고, 내일의 컨디션을 위해 오늘을 조절했다.

하지만 나는 이제 오늘, 지금을 산다.

내가 특히 좋아하는 시원한 바람이 부는 시간이다.

" 똑딱아~ 산책가자! "

똑딱이

초판발행 : 2024년 7월 11일
지 은 이 : 임성민
편 집 자 : 김유민
디 자 인 : 이채원
펴 낸 곳 : 아름북
등 　 　 록 : 2024년 6월 4일
도서정가 : 16,000원

© 임성민 2024
ISBN 979-11-980103-7-7

E-mail : fashionhall@naver.com

이 도서의 국립중앙도서관 출판예정도서목록(CIP)은 서지정보유통지원시스템 홈페이지와 국가자료공동목록시스템에서 이용하실 수 있습니다.